经典躺着读

先秦——元明 卷

向阳 文珍 著

SPM

南方出版传媒
花城出版社

中国·广州

图书在版编目（ＣＩＰ）数据

经典躺着读. 先秦-元明卷 / 向阳，文珍著. -- 广州 : 花城出版社，2016.6
（书蠹丛书）
ISBN 978-7-5360-7675-4

Ⅰ. ①经… Ⅱ. ①向… ②文… Ⅲ. ①随笔－作品集－中国－当代 Ⅳ. ①I267.1

中国版本图书馆CIP数据核字(2016)第127169号

出 版 人：詹秀敏
责任编辑：文 珍 周思仪
技术编辑：凌春梅
装帧设计：礼孩书衣坊

书 名 经典躺着读（先秦—元明卷）
JING DIAN TANG ZHE DU（XIAN QIN—YUAN MING JUAN）
出版发行 花城出版社
（广州市环市东路水荫路11号）
经 销 全国新华书店
印 刷 恒美印务（广州）有限公司
（广州南沙经济技术开发区环市大道南路334号）
开 本 787毫米×1092毫米 32开
印 张 7.875 2插页
字 数 123.000字
版 次 2016年6月第1版 2016年6月第1次印刷
定 价 35.00元

如发现印装质量问题，请直接与印刷厂联系调换。
购书热线：020-37604658 37602954
花城出版社网站：http://www.fcph.com.cn

目　录

1

拿起来，读 (再版序)

"拿起来读"，是有典故的。出自圣奥古斯丁的《忏悔录》。米兰的一棵无花果树下痛苦的奥古斯丁，突然听到一个孩子的声音，他不知道是男孩子还是女孩子。那声音说，拿起来读吧。因为这一神秘声音，异教徒奥古斯丁成为了坚定的基督徒和日后的《圣经》专家、著名的教父。我用它来做题目，毫无传教的意思，起意乃是为了讲一个俗理儿。

读书这等事情，根本不必谁来指教，拿起来读，也就是了。从你身边第一本书抄起来，读下去就是。书会带着你找到下一本书，下一本书找到再下一本书再下一堆书，子子孙孙，没有穷尽。读得多了，自然有了逻辑，有了次序，有了高下分别。什么是美食家？无非就是多吃多占，吃得多了，品味就差不了。

话说到这儿了，我添什么乱哪。我无非就是架秧子起哄，凑一个热闹。就像看球，忍不住惊声尖叫，抚掌大笑，跌足捶胸、口沫横飞，看得兴起，说得口滑。读经典说闲话，就如同借刀杀人的勾当，图的是一个快活。

读书这事，是个好玩的事情。世界上好玩的事情多了去了，但是性价比最高的还真是莫如读书。读的时候，高兴，读过了，回头想想，还高兴，觉得自己赚了；越赚越想赚，越赚越贪，没完没了。

可读的书里头，性价比最高的莫如经典。经典怎么来的，票选出来的，千百年来，你一票他一票，有些书就排到前头居高不下了。有些书，一度挤到前头，你一刷他一刷，终于又跌到看不见了。时间是最伟大的修正主义者。

这本书是十年前说出来的。十年后再看，该修正的意思很有一些。只是读书可以躺着来，说书却要站着说，说一遍是乘兴而来，说两遍就需要勇敢了。我是无拳无勇。做了十年闲慢差事，没有精力来改正过去的轻薄之谈，只好随它去吧。偷懒的办法就是，在书页的边上添一些意思，小意思。虽然东拉西扯，用心却是要株连九族，为读它的人多一点界面的贡献。

最初这书约定是给青少年看的，出来之后，却有青少年的老爸老妈喜欢看，添的一点意思还是有讨好他们的成分。这书最初说起来也是半推半就，东边一嘴，西边一舌，有的认真，有的来不及认真，所以添的意思也有亡羊补牢的成分。

这一册读书笔记因为要貌似公共，所以没有充满我的偏见。这是一个遗憾。我的遗憾还包括，没有时间坐下来，把鲁迅通体再读几遍，把红楼通体再读几遍，——加上自私的批点。如果可以，是多么好玩的事情啊。作为调剂，把三国水浒也——批他一遍，也很好玩。

拿起来读，是一大快乐；拿起来批，也是一大快乐。

现在是网络时代，却也是有字时代以来最繁华的时代，活在视频音频里的人固然前所未有的多，活在文字世界的人也是前所未有的多。从逻辑上说，写字的人多，读书的人必然也多。但是看网络上无知无畏的字那么多，又觉得真理未必是公理。但是读书的人多了，写得体面的人一定是多的。这道理用世故人情世道人心来推究，一定是说得通，行得了的。

依照出版者的意思，这书应该叫"一生必读"书目。我以为可以叫"不必不读"书目。世界上根本就没有非他不可的事情，但是也没有一定不可以做的事情。读漫画固然很时尚，但是读经典也不那么恐怖。不是必须，却是应该和值得。经典到底是好看的书，不读白不读，读了不吃亏。

经典躺着读 <small>(原序)</small>

　　诺贝尔文学奖的十四位终身评委，一年一度地，定时定量地，向我们推荐一位上榜明星。某些时候，他们也挑中了一些真正的不朽者。但根本的，他们的工作只是挑选获奖者。经典不是这样子选举出来的，经典的筛选要复杂得多。

　　经过无数双眼睛无数双手的拨弄，经过漫长的时光的打量，被挑拣出来的，才是经典。并且被更多的手眼抚摩，绵延更长的时间。

　　经典不朽如纪念碑。

　　纪念碑让我们望而生畏。这真是悖论。前代的人们挑经典出来，是要我们热爱而不是冷落它们，靠近它们而不是敬而远之。一个手脚冰凉战战兢兢诚惶诚恐的追求者永远得不到他所爱的。所以经典要躺着读。想怎样读就怎样读，读进去了再生敬爱之心，读不进去，且放一放再说。

4

对待中国经典，尤其需要这种满不在乎。它们被供奉得太久了，满是香熏火燎之迹，非有一些破门而入的放肆，和拍拍打打的随便，才可以读出意思读出兴致来。

虽然招呼这样的读法，我本人也并不能时时贯彻执行，所以手底下码出的这些文字，有些就比较地疙里疙瘩。好在，我是一个一点点主义者，如某读者读了本书，对其中议论的人和作品，有一点点了解，发生一点点兴趣，我就功德圆满了。

依照策划者的想法，这书是要有一些导读的意思。这首先是要求介绍。所以但凡能够找到有趣的材料，我就撮要地多交代几句。其次是要求评点，那么，但凡能够翻出个人意见，我就自以为是地议论议论。就这样作出一本小册子出来。如果不令人满意，那不是因为我的个人意见多了，一定是我的意见太少了。经典随便看，今天归我看。我看出好来了，那是经典的成绩；我看不出好，那是我的不是，连带着这书的读者也不是了。这其中，有写得好的部分，有写得不好的部分。好的，是因为我先行把自己的意见整理清楚了，才动手写的，所以好。不好的，是因为汲汲地去交代，我自己还"酱"着呢，所以不好。

以上是谦虚的大实话，以下是不谦虚的大实话。导读一类书，应该是大师傅、老师傅们做的事。这两行，我都未曾做过。但书，乱七八糟地，确是读了不少。思想立场上便一贯地站在读者这条线上，所以不会也不想写高头讲章。说得出的，才写得出。好读，是这书的特色。对读者，这是个好消息。此其一。

读者尽可以躺着读，读经典之前先读这书。我却是弯腰屈背，老老实实坐着写的，而且是把自己关在监狱式的孤居房子里，将书本子堆得满坑满谷，昏天黑地一往情深地写它出来的。对我，是无愧的。对读者，这也是个好消息罢。此其二。

书中每一个单独的题目都是大题小做，但整合全书，却有一部小文学史的规模，从《诗经》到《围城》，跨度有三千年。这是我的一点得意。此其三。

不过，全书写完了，我才觉得自己有了写它的准备，就如每一单篇写完，我才觉得有资格谈论它。

这诗不是那诗 / 《诗经》

> 某些地域是爱情的高发地带，比方"东门"，《出其东门》《东门之池》《东门之枌》《东门之杨》……

"子曰诗云"，是中国古代读书人中间流行的切口、黑话。他们经常引用孔子的语录和《诗经》的句子来对话交流。

"子曰诗云"是两套专业语言，在西汉中期才比较均等地流行，到宋代中后期，"子曰"的使用率便大大高于"诗云"了。但是在先秦时代，"诗云"的势力远远大于"子曰"。在孔子成为流行的大人物之前，甚至在他出生之前，"诗云"已经在贵族阶级中相当流行和普及了。

公元前 544 年，吴国大夫季札到鲁国观乐，鲁国为季札演出的歌诗，其分类名目，先后次序，已经等同于今天的《诗经》了。那一年，孔子只有八岁。这一条记载于《左传》中的证据，否定了孔子从三千首诗作中挑拣三百零五首编定成集的可能。孔子周游列国之后回到鲁国，所作关于《诗经》的工作，只是重新为诗三百篇确定合适的配乐。那时候，歌辞已经很少与音乐同时被使用了。

实际上，《诗经》中的三大类别：风、雅、颂，就是三种不同的音乐类型，颂是宗庙祭祀的音乐；雅是正规的典范的音乐，因为演出场所不同，又分为大雅和小雅；如果雅、颂的解释还有些学术纠葛的话，那么关于风的理解就比较统一了，风，是十五国的地方音乐。

因为配合的音乐形式不同，那么歌辞的内容自然也会不同。关于风，有一种说法是，"牝牡相诱谓之风"。朱熹则进一步肯定说："凡《诗》之所谓《风》者，多出于里巷歌谣之作，所谓男女相与咏歌，各言其情者也。"一百三十五篇《国风》之中，的确多是言情之歌诗，而且，它们又几乎都是《诗经》中最杰出最精美最动人的部分。

名义上，《诗经》有十五国风，不过，周南、召南可以统称南风，邶风、鄘风均属卫风，魏风、豳风几无言情诗，桧风、曹风殊无可观。这样清理下来，实际只有八国风诗需要我们善待了。

《诗经》第一篇，《周南·关雎》便是著名的情诗，"窈窕淑女，君子好逑"，从"寤寐求之"到"辗转反侧"，终于相识相恋"琴瑟友之"，最后"钟鼓乐之"，将淑女迎娶进门。是一篇全程的情诗，纯是男子口吻。还有女子版的《卫风·氓》，从"那小子满脸笑嘻嘻，抱着布匹来换丝。换丝哪儿是真换丝，悄悄儿求我成好事"（氓之蚩蚩，抱布贸丝。匪来贸丝，来即我谋），求婚、订婚、入嫁，到婚后的理家辛酸，男子的寡情背德，终于后悔不迭，反思当初。感情还是在婚前恋爱期最灿烂动人，至少相爱时的男女总是忠诚专一，比方《柏舟》的女孩，《出其东门》的男孩。

爱情可以在对象出现之前单独发生。枝头的梅子纷纷坠落，也刺激着思春的少女，期盼有心追求的小伙子快快到来（《召南·摽有梅》）；男孩子出场了，要翻过墙头闯进来，女孩子又是欢喜又是忧，怕父母不依兄弟不爱，怕闲言碎语人言可畏（《郑风·将仲子》）；男孩子如果畏缩不赴约会，一准儿又受到女孩子的嘲骂，"你要是心上还有我，你就提起衣裳把洧水过。你要是心上没有我，世上男孩还不多？傻小子里头也属你傻。"（《郑风·褰裳》）；男孩子追过来了，同样也会挨一通笑骂，"不见子充，乃见狡童"，没看到美少年，却来了个傻二哥（《山有扶苏》）。在女孩子的利嘴之下，古代少年同今天的男孩子一样，只有恭听的份儿。但凡爱情古今一理，总要过一过麻辣烫。也有一见钟情，一步跨入性爱的情形：比方大清早，田野间，草露还未干，"有美一人，婉如清扬（美目闪烁）。邂逅相遇，与子偕臧（同藏）"（《野有蔓草》）；除了偷窥，甚至我们还可以偷听，"慢慢儿来啊，悄悄来；我的围裙可别动！别惹得狗儿叫起来！"（"舒而脱脱兮！无感我帨兮！无使尨也吠！"）《野有死麕》的故事发生在一个猎鹿的猎手和一个割草的女孩子之间。

幽会当然也可以从野外挪到房间里。《郑风·女曰鸡鸣》《齐风·鸡鸣》都是幽会男女在黎明时的情话。女子都有时间观念，男子都留恋床笫不肯起身。女子说："鸡既鸣矣，朝既盈矣。"男子狡辩："匪鸡则鸣，苍蝇之声。"还说，"虫飞薨薨（虫子嗡嗡嗡），甘与子同梦。"（《鸡鸣》）；《女曰鸡鸣》也是，"女曰鸡鸣，士曰昧旦（天才亮了一半儿）"，于是又亲热欢好，又甜言蜜语，"宜言饮酒，与子偕老"，又送信物，"知子之好之，杂佩以报之"。玉器作为礼物，象征爱情长久。"投我以木桃，报之以琼瑶。匪报也，永以为好也"（《卫风·木瓜》）。赠玉佩、琼瑶容易理解，赠彤管赠花椒子，就让我们犯糊涂。"视尔如荍，贻我握椒"，我看你像一朵荆葵花，你送我一捧花椒子。《东门之枌》中的赠椒是表示结恩情。

《静女》中的彤管是什么，却令顾颉刚等专家们费了许多功夫，终于也未搞出一个公认的答案。"静女其姝，俟

4

我于城隅。爱而不见，搔首踟蹰。"这个让"我"抓耳挠腮的女孩子，真是神秘又可人。

某些地域是爱情的高发地带，比方"东门"。《国风》中以东门为题的有多篇，《出其东门》《东门之枌》《东门之杨》等等，"出其东门，有女如云。"再一片爱情领地，就是河水之滨。河是一种象征，总是使爱情可望而不可及。《周南》中的《汉广》和《秦风》中的《蒹葭》都是为此吐出的长叹，情境极其相似。比较起来，《汉广》稍嫌初级一些，《蒹葭》则精美绝伦。"蒹葭苍苍，白露为霜。所谓伊人，在水一方。溯洄从之，道阻且长。溯游从之，宛在水中央。"全诗三段是同一主题同一结构的变幻重奏，真正的一唱三叹。意象、音韵、节奏，都是第一流的。远远高出普通的民谣，是诗人之诗。真应该标示出作者的名姓来，不该是无名之作。

《诗经》还是有几位可靠的作者。事迹最清楚的是许穆夫人，她是卫戴公的妹妹，嫁给了许穆公。她的作品是《载驰》。公元前660年，北方的狄人攻破卫国，卫人被迫南迁渡过黄河。许穆夫人回国慰问并计划向大国求援。许国君臣胆小怕事，阻挠她的行动，许穆夫人于是作诗鸣志。"大夫君子，无我有尤（不要尽说我的不是）。百尔所思

（你有种种主意），不如我所之（不如我的已定之规）。”她的事迹明确记载于《左传》里。寺人孟子是《小雅·巷伯》的作者，明确标明在诗中。寺人是宫内小臣。尹吉甫是《大雅》中《崧高》《烝民》两篇所标明的作者。尹是周宣王时代的著名贵族，据说《大雅》中的《韩奕》《江汉》也是他的作品。一位台湾学者曾经撰著，考订出全部诗三百篇均是尹吉甫一人在不同时间不同地点创造完成的。导致这种论证，至少有一个最基本前提，就是《诗经》的统一性。

从形式上看，《诗经》虽然杂有二至九字句，但基本上都是四言诗。产生于十五国广大地域（包括今河南、河北、陕西、山西、山东、湖北）的数百篇作品有这样整齐的格式，显然经过整理编订。最可能的整理编订者，是周王朝的太师，国家乐团的艺术总监。他或者他们，对《诗经》的删订修改，有些时候做得过头了。比方在不同的国风里，出现完全相同的套语，有些个别诗篇的某些章节与其他部分不连贯不调和。当然，这是在有功之上的小过失。

必须承认，从《诗》成形的那天起，它就不曾被作为单纯的文学艺术品来使用。作为辞乐一体的形式，它是国家典礼、贵族宴会上演出的娱乐形式，它成为贵族子弟的学习教材，它是国家外交和贵族社交时的交际辞典。贵族们经常赋诗言志，即歌或诵《诗》中的片断来表达胸怀和意志。至少有一次，齐国一位大夫引用的诗句不对头，结果导致了一个反齐联盟的诞生。《诗》的被引用，往往是断章取义，或用其隐喻，或用其引申义，更多的只是其中几句文字字面的意思。《左传》记载，郑国几位大臣在晋国大夫赵孟面前赋诗，听他评点。伯有赋《鹑之贲贲》，赵孟就批评他："床笫之言不逾阈，况在野乎！非使人之所得闻也。"但子大叔所赋《野有蔓草》，也是写野合的，赵孟却肯定他。原来伯有引诗中有"人之无良，我以为君"的句子，含有影射攻击郑国君主的意思。子大叔引诗中有"邂逅相遇，适我愿兮"，取其"幸会幸会"之意。贵族们喜欢引用《诗经》，是因为它的语言更典雅更郑重。但是，使用《诗经》有一个前提，就是说者听者均熟悉它，否则就没法交流。齐国的庆封出访鲁国，吃相太差，鲁大夫叔孙穆子便赋《相鼠》，讽刺他"人而无仪，不死何为"，庆封根本不懂。后来，庆封因内乱逃亡鲁国，叔孙穆子又请他吃饭，他还是吃品不佳。叔孙索性请乐工朗诵《茅鸱》讽刺他，他还是不明白。这就滑稽了。

儒学者通常将《诗经》的意义简化成两条，美、刺，要么歌颂什么，要么讽刺什么。《诗经》确有或美或刺之作，但更大量的是缘情之作。将言情也列为美刺，就太过歪曲了。宋代朱熹对此有所纠正；清袁枚也说"《三百篇》半是劳人思妇率意言情之事"。但是，直到新文学时代以来，《诗经》才真正回到它原来和它应该是的位置上。

圈点

风言风语 《诗经》以《关雎》为开篇，也是一百多篇的国风的第一篇。国风的最后一篇是《狼跋》，内容是调侃一壮硕男公孙，"公孙硕肤，德音不瑕"，壮得跟狼似的，但是名声不错。国风以周南召南为先，朱熹认为这两部分是"风诗之正经"，理由是它们"乐而不过于淫，哀而不及于伤"，其余的，自邶风而下，"有邪正是非之不齐"。

美而长白 《卫风·硕人》赞叹"美目盼兮巧笑倩兮"的卫庄公夫人庄姜，"手如柔荑，肤如凝脂，领如蝤蛴"是赞其肤色白皙，"硕人其颀""硕人敖敖"是叹其身高体长。长与白这两大审美指数至少延续至唐。汉代选妃的标准之一是"体格颀硕"。汉惠帝的皇后张嫣身长七尺三寸（一米七〇）。晋武帝皇后为其选妃"唯取洁白长大"者。唐玄宗为其太子选秀女，"亟选人间女子颀长洁白者"。

庄家在此 / 《庄子》

　　朱熹说："庄子当时亦无人宗之，他只在僻处自说。"只在僻处自说，这几个字尤为关键。

　　如果没有几千年来没完没了的官方导向和硬性推销，孔子的影响绝不会比庄子的影响大。对庄子的热爱是中国知识阶级全体性的自发性的。回想一下就可以发现，愈是生动的愈是被我们喜爱的文人，也愈是喜爱庄子愈是任庄子的影响笼罩自己。比方阮籍、陶渊明、李白、苏轼、辛弃疾、曹雪芹，等等等等。即使那些乍看来不那么庄子气的，甚至过于端敬的文人，细究起来，也是与庄子有瓜葛的，比方嵇康，有《养生》《声无哀乐》等习庄仿庄之论；比方古文家的韩愈，以"庄""骚"并称；比方柳宗元，也曾主张写文章"参之《孟》《荀》以畅其支，参之《庄》《老》以肆其端"。中国的公卿大夫阶级也一贯地以外用孔孟内习老庄被我们熟知，比方曾国藩等辈，亦是庄家门徒。

　　所以读中国经典，绝不可以不读《庄子》。

　　《庄子》"十九寓言"，充满了智慧的故事。大鹏与小雀，庄生梦蝶，庖丁解牛，望洋兴叹，等等等等。无一不让人神思缥缈，意兴飞扬，喜一回叹一回。但其中最代表庄子哲学的，我想是关于大树和大葫芦的。惠子得到魏王之赐"大瓠之种"，种出来居然有五石之大，用来盛水太重难以力举，用来作瓢，就没什么可以装的。惠子说，这东西大是够大的，"吾为其无用而掊之"，我没法用只好把它砸了。庄子的回答又巧妙又生动，说你何不把它作了救生圈系着浮游江湖之上。还有关于"大而无用"的树，庄子讲了许多遍这个例子。第一次提到树名叫樗，说它"其大本臃肿而不中绳墨，其小枝卷曲而不中规矩""立之涂，匠者不顾"，立在路上，木匠正眼都不瞧它。庄子的理解又多么简单："何不树之于无何有之乡，广莫之野，彷徨乎无为其侧，逍遥乎寝卧其下。不夭斤斧，物无害者，无所可用，安所困苦哉!"

在《人间世》中，还有两处关于大树。一个姓石的匠人藐视一颗被当作神社的巨大的栎树，认为那不过是散木，不材之木，"以为舟则沈（沉），以为棺椁则速腐，以为器则速毁，以为门户则液（流淌树脂），以为柱则蠹（被虫子蛀蚀）"。"无所可用，故能若是之寿"。大树很生气，托梦给匠石，教训他："你打算拿可用之木来跟我相比吗？那

10

些楂、梨、橘、柚，果实熟了就被打落，打落果子枝干也会受摧残，大的枝干被折断，小的枝丫被拽下来。就是因为它们能结出鲜美果实才受了苦，不能终享天年。""且予求无所可用久矣，几死，乃今得之，为予大用。使予也而有用，且得有此大也邪？"我追求"无用"很久了，几乎死了才到今天，成为我自己的"大用"。假如我也"有用"，还能有现在这样的大嘛？弟子追问匠石："如果大树意在无用，为什么成为神社之树？"觉悟过来的匠石说："闭嘴！如果它不做社树的话，它还不遭到砍伐吗？它用来保全自己的办法多么与众不同啊。"

匠石在山东见到的栎树树冠大到可以遮蔽数千头牛，南伯子綦在河南看见的大树，树荫可以遮蔽上千辆大车。"仰而视其细枝，则拳曲而不可以为栋梁；俯而视其大根，则轴解而不可以为棺椁；咶其叶（舔舔它的叶子），则口烂而为伤；嗅之，则使人狂酲（大醉），三日而不已。"第一个大树故事是庄子教育惠子，第二个故事是大树自己教育匠石，这故事里是南伯子綦自己觉悟：这无用之木，像"神人"一样啊。那些有用之树，一把粗细，就被砍了做栓猴子的桩子。"三围四围（两臂合抱为一围），求高明之丽者斩之（名人之家砍了去做屋梁）；七围八围，贵人富商之

11

家求樿傍者斩之（富人家砍了去做棺木）。"

关于大树的道理已经说得很清楚了。庄子说的不材，正是大材，不仅追求不材，而且追求大不材，所谓大而无用，大无用，正是大用。不是为世俗所用，是为自己所用。

外篇《山木》中又有一段。"不材"的木得以延年益寿，"不材"（不会叫）的鹅被杀掉。弟子困惑于"材"还是"不材"，庄子的回答是，他将处于"材"和"不材"之间。这是比较滑头的说法。虽然道理还在庄子的范畴之内，但是气象差了一些。关于《庄子》比较通行的说法是，内篇最可靠，外篇可疑，杂篇可弃。外杂篇对于庄子扩大群众基础很有帮助，但是品相差。这道理犹如《红楼梦》后四十回之于《红楼梦》。

也许，最关键的，是在我们心目里，有一个合乎庄子的庄子。什么是庄子？庄子是那个蒙地的漆园小吏，经常在穷街陋巷卖草鞋的小贩，那个宁曳尾于烂泥中也不肯做祭坛牺牲楚国国相的书生；庄子是那个擅写汪洋恣肆、仪态万方的妙文，擅凭空捏造无数人物和故事的智慧的思想家和文学家。《庄子》是先秦诸子著作中最文学的一种，创造了先秦文学的最高成就。

《论语》不过是孔子门徒整理的对话录，《孟子》《墨子》也都是其弟子们回忆的言行录，《荀子》《韩非子》算是自己的创作。说其好，也不过是善之论，有道理的寓言，但是，以形象的生猛鲜活论，以气韵的飞扬气势的澎湃论，以文采的斐然灿烂论，诸子之作无一可与《庄子》一争短长。《论语》何其简单也，《老子》以五千言说一大道理，何其枯燥也。独有一部《庄子》又智慧又翩翩卓然得不同寻常。为什么呢？朱熹曾说过："庄子当时亦无人宗之，他只在僻处自说。"只在僻处自说，这几个字尤为关键。庄子所以写得那么从容，那么一脉贯通，那么妙趣横生，应该是因为庄子本人不求闻达的缘故吧。

孔子对文章的看法是："辞，达而已矣。"所谓意思到了就行。因为他汲汲以求的是实践和兑现他的政治构想，是为了"用"，用于治国平天下。其大力教育广收门徒，也无非抱着此一政治目的。孟子、墨子、荀子、韩非子无一不是如此，无一不是讲述政治哲学。而庄子，说的乃是个人哲学，是自处的哲学，是求"无用之用"，那么著作本身就带有强烈的自娱和娱人色彩。所以，庄子有足够闲静的心境来写作。写作在孔子们不过是手段，在庄子，本身就是目的，所以才会不惜大费周章滔滔不绝。比方说寓言，不唯道理讲寓言，总是一而再，再而三，以至三、四、五、

六、七，不惜工本。寓言不仅多，而且千汇万状，出人意表。不唯道理而寓言，倒似为了寓言才说一些道理。故事融化了思想，形象大于道理。想象又丰富又奇特。又每每为了寓言，无端捏造出许多名字和人物，连孔夫子亦常搬过来大用特用。于是孔子一时成了鄙陋的书呆子，一时又成了庄学道家的传声筒。单以表现的技术论，也极有创造。句子或顺或倒，或长或短，又不规则地用韵，绝不因押韵而拘束了文词，反倒助长了文章的节奏和气势。这一些，未必全是刻意作成的，大半还是其自由奔放的精神所致。如他自谓"独与天地精神往来，而不敖倪于万物，不谴是非，以与世俗处"，"彼其充实，不可以已"。因为精神充实饱满，所以禁不住地流露出来。所以如风行水面，自然成文，像万斛源泉，随处涌出，汪洋恣肆。

庄子说过"知者不言，言者不知"（《外篇·天道》）。这道理背后的意思是，世人以书为贵重，书中不过是言语，言语要紧的是意义，意义重要的是意义的来处。但是意义的来处是"不可言传也"。依照这道理，庄子该是不说不著呵。不过，一个在自我表达中感受无穷乐趣的写作者，是何其真实，又令我们何其感动。我们还是放他这一马过去，否则，何来一部《庄子》颠倒无数众生呢。我们且读且看吧。

圈点

老子第一　在西方最畅销的中国著作是《老子》。老子看到世界的诸多悖论，此种思想真是先进。庄子是老子的后辈，规模上也比老子盛大，他是否是老子一系尚成问题，但是精神有相通的血脉。孔子的表情是喜怒哀乐四情俱全。老子的表情是没有表情。庄子的表情是兴致勃勃飞扬跋扈。

老庄各异　孔子释迦牟尼耶稣这等教主都是说者，言论是被门徒们记录整理的。老子庄子都是自撰。最勤奋的教主是摩尼教的摩尼，自撰全用自创的花体字写就，而且配以自己的插图。庄子固然没有自配插图，却用文字塑造了看得见的神奇图像。想得通透是思想的最高原则，写得生动是文学的最高原则。老子占有前者的优势，庄子占有后者的制高点。

锦绣牢骚 / 《离骚》

> 《离骚》太突如其来，太不可思议了。它使得任何
> 单篇的《诗经》之作都显得弱不禁风。

我原来打算题这一篇的名字为"情深意长"，恐怕有轻浮之嫌，才作罢了。不过，我还是要不惜冒犯许多人，称屈原为言情诗人。

屈原和《楚辞》遗留了一些难解之谜：它们或者的确重要，或者被以为是重要的，总之惹得历朝历代的学者们为之争吵不休。想着中国第一位的又是个性极张扬的大诗人及其作品，被麻醉后僵硬地躺在会诊台上，由一群认真的专家们翻过来覆过去地切片化验 X 光透视超声波检查解而剖之剖而解之，让我们这些围观者真有些于心不忍。一方面，我真心尊重专家们的良苦用心及其收获，一方面，我打定主意不卷入他们的争执里头去。有一个简单有效的善待屈原的方法，就是拿一卷《楚辞》在手里，当然最好是带基本的文字注释的版本，然后一读二读三读四读下去，尔后听任印象感觉在你的头脑里慢慢发作。这样收获的意

见，很可能蛮横武断，但至少，它是纯粹的文学的。

屈原的作品可以分为三大组，《九歌》《九章》和《离骚》，共二十三篇。《天问》真正具有的是文物价值，可以从文学中开除出去，交历史学和民俗学去料理。至于《招魂》，可以放到《九歌》系列去讨论。

《离骚》无疑是屈原最杰出之作。它的出现太突如其来，太不可思议了。单单是它的长度，就令人震惊。全篇三百七十二句，二千四百九十余字，不仅此前未有，而且在整个古典文学时代，这一纪录都未被打破。尤其是内容本身的魔幻缤纷、恢弘壮观、怨天尤人的悲怆和不加掩饰的个性，使得任何单篇的《诗经》之作都显得弱不禁风。《诗经》的创作下限据此已有三百年的间距。"诗"是北方的歌颂，"辞"则是南方的吟唱。

《九歌》和《九章》是《离骚》的上游，因为它们的发源奔腾和汇聚，才有《离骚》的白浪滔滔。《九歌》为《离骚》提供了抒情形式，《九章》则为《离骚》提供了抒情主题。

《九章》是后人归拢到一起的。九篇作品比较一致地慨叹着屈原的政治遭遇，身世沧桑和心胸情怀。与其他篇相比，早年的《橘颂》格式稍异，是较整齐的四言诗型。后代的咏物诗以此为第一。就整体而言，《九章》的文学刺激力要弱于《九歌》，它的精神和精华均在《离骚》中有更精彩的重放。

《九歌》是祭祀鬼神的祭歌。但是，这里的祭祀是南方式的民间式的，虽然经过贵族屈原的整理，它们仍然是相当原始和可爱的。

《九歌》最能列入庄严肃穆的，恐怕只有祭人鬼的《国殇》，它是一篇有力的战争诗。祭天神的《东皇太一》《东君》《云中君》等，是庄严加热闹。几乎没有对神们的职业工作做过特别表扬和肯定。它们都是描叙性的，而不是歌颂性的祝祷，诗的重心都是表现神的威仪和风度，和崇拜者的狂欢节式场面。与群众的热烈相对应的，则是神的忧郁感伤和恋恋不舍，"长太息兮将上，心低徊兮顾怀"。所眷恋的是美人，一见钟情的恋人，"满堂兮美人，忽独与余兮目成"。陷入情网者往往感慨遂深，"悲莫悲兮生别离，乐莫乐兮新相知"，颇哲学。于是幻想"与女沐兮咸池，晞（晒）女发兮阳之阿"，可惜，"望美人兮未来"，所以只好"临风恍兮浩歌"，迎着风扯开喉咙高歌。

祭歌何以成恋歌呢？

屈原时代的楚国民间祭祀尚处于原始粗朴的巫的阶段，

所依据的是交感巫术的思维原则，即完全依照人性的关系来构思和设定人神关系和神神关系，因而可以通过人的行为影响神的行为。最基本的人性关系，自然是男女之间的情爱和性爱关系。楚国的初民们确信可以通过性爱和情爱，通过奉献情人来诱导和取悦神灵。在表达上可能有两种方式，一种是野蛮的人祭，将献给神灵的情人（多是女性，因为神灵们多是男性）杀死（火焚、水葬，等等）作为祭品；另一种则是表演性的，神与他（或她）的情人，都由巫师扮演，表演神灵的降临以及神神相会神人相会的过程。于是祭礼仪式往往成为爱情表演，祭歌往往成为恋歌。神人的相会自然经久不遇，遇合之机又倏忽而逝。神灵们纷纷成为失约的或失恋的情人，这使得祭歌（恋歌）充满哀怨、伤感的氛围。于是《九歌》中的神灵，如同奥林匹斯山上的希腊神一样，充满人性的魅力。

主祭的大神尚能保持一本正经的职业嘴脸，副祭（又称索祭）的神灵们就真情流露了。日神东君只是私情一闪念，"长太息兮将上，心低徊兮顾怀"；最怅惘的天神少司命，是一位女神，主掌儿童的命运；最忧郁的男神是地神河伯，是黄河之神，他爱恋的宓妃是洛水神；最最幽婉深致的情人还是女神山鬼。《诗经》中的情人，我们往往看不到她们完整的仪态风貌，山鬼的形象却清晰鲜活。她有一双含情脉脉的眼睛，一副窈窕的身材。至少有两套绿色环保时装。一套薜荔做的衣衫，配女萝做的衣带；一套是石兰做的衣裳，系杜衡做的腰带。后者显然更令她满意，她穿着它去赴情人的约会。她骑着黑斑赤豹，尾随的还有花纹美丽的锦狸。随侍的辛香夷木车上，插着桂枝编结的旗子。她捧着新采的缤纷花草，茕茕独立在山巅，静候着她的爱人。云飘过，雨飘过，她的公子却没有来。对失约的情人，湘夫人的表现沉痛而决绝，把玉玦玉佩都扔进水中，鲜花转送侍女，并且哀怨不已："心不同兮媒劳，恩不甚兮轻绝"，心不同媒人也徒劳，恩情不深说分手就分手。"期不信兮告余以不闲"，明明不守信用，还谎说没时间，这是湘夫人的情人。同样伤心寂寞的山鬼，却宽容大度，善解人意，她对自己说，"君思我兮不得闲"，"君思我兮然疑作"，她认定"公子"牵挂她可是无暇赴约，"公子"思念她可是对她的感情半信半疑。这种一厢情愿的自我安慰，比湘夫人的决绝更缠绵悱恻更令人难忘。"雷填填兮雨冥冥，猿啾啾兮狖夜鸣。风飒飒兮木萧萧，思公子兮徒离忧"这个白衣飘飘的山鬼连同她的忧伤，令我们心旌摇曳。

20

《离骚》毫无疑问是政治抒情诗，抒发的是政治失意之情。但《九歌》的恋歌式的诉怨方式，也无疑向屈原的政治言情提供了新的表达方式。严正肃穆抽象枯涩的政治抒情找到了新鲜活泼情深意长的运行机制，《离骚》由此获得了与其政治主题同等重要的文学形式。屈原由此将意志不得伸展的悲怆，化作恋情无从兑现的哀怨。一个无路可走的政治失意人，于是等同于无可奈何的感情失恋者，更形象更有张力。在这个意义上，《离骚》是言情诗。

　　《离骚》中的雍容华贵，即肇始于《九歌》中的华丽铺张。簇拥屈原在天宫奔走的有望舒、飞廉、鸾皇、雷师、飘风、云霓等众多随侍。这等声势，完全是《九歌》中大神们飞升时的威仪。还有铺张之极的香草："余既滋兰之九畹兮，又树蕙之百亩。畦留夷与揭车兮，杂杜衡与芳芷。"三十亩为一畹，屈原在偌大的一片兰草、蕙草之中，还间种杜衡、芳芷，连田埂上都种了留夷与揭车。

　　《离骚》中使用的香草有十八种，《九歌》中有十九种，两者完全相同的有十一种。香草在祭祀仪式中是装饰品、祭品，是巫舞的道具，香草为神灵及其子民们营造了浓郁的节日氛围，美好又神圣。香草在《离骚》中，一是借喻屈原本人的美德，一是借喻品德高尚的君子，对应于恶草杂卉的小人。

《离骚》的文学特色被概括为"香草美人"。美人是屈原在诗中自拟或拟人的象征形象。屈原不曾坚守一种固定身份，忽而男子口吻，忽而女人情态。忽而神仙语，忽而脂粉气。这种变幻是服从《离骚》在情节结构上的变换。在情节结构上，《离骚》完全遵从于祭祀仪式的规程。祭仪上，先是在庙堂祭主神、正神，然后在山野之地索祭附神。《离骚》所以先在祖神祝融、大神重华（舜）面前大段陈词，尔后再上天入地寻找同心契德的美人。在前部，屈原是灵修驾前哀怨泣诉的女性；到后部，屈原又是"求女"的男神。他上天宫无门，到高丘无女，退而聘求下女（地神），如宓妃、有娀氏之佚女、有虞之二姚，也怏怏不果。或因为美人女德不佳，或因为媒妁不力，或干脆就是没有媒人可以传达。大巫灵氛要他放眼看世界，说何处无美女，劝他另行求姻缘。巫咸又指示："苟中情其好修兮，又何必用夫行媒。"只要内心修洁自好，根本用不着媒人中介，自谋其路，也能终成眷属。屈原于是一边感慨香草变茅草愤世嫉俗，一边自我宽解"聊浮游而求女"，决定乘着年岁正盛，"周流观乎上下"；乘着玉车龙驾，潇潇洒洒作逍遥游。他听过远古的《九歌》，看过远古的《韶舞》，可是一路过故乡的天空，他又是情不自禁，连车夫与飞马都恋恋不走，他本人更是不能自拔，也不愿自拔。

屈原的爱国情结，是《离骚》中极其醒目的内容。在整个春秋战国时代，如屈原这般眷恋祖国的事例，也都稀罕得紧。大圣大贤如孔子孟子，也都要背井离乡周游"外"国去寻找施政机会，屈原却偏偏守着父母之邦一往情深一条道走到黑。也正因为如此，他才成为第一个也是唯一一个进入传统民间节日的文学作家。

孔孟只能算作政治理论家政治理想家，他们身上背的怀中揣的总是原则文本，所以游说无方。苏秦张仪则是政治实行家，因为可以提供便于操作的政治对策，所以无往不利。屈原既无前者的理论高度，又无后者的实施细则，又缺乏圆滑手段，又缺少一党同志，就凭着一腔热血，终于不免作流放者，却又终于不免成就文学大事业建立文学大功德，做了第一位言情大师。

圈点

周南召南　南是南风。南本身就是一种体例。《诗经》有四体，风、雅、颂和南。南流行于江汉之地，关涉河南、湖北、四川，二南二十五篇出产最晚亦是最成熟。隐隐的预示了屈原宋玉等南方诗人的出场。二南都是短篇。《诗经》最长篇乃是大雅中的《桑柔》，一篇内容上像《离骚》的讽谏之作。不过义正词严，没有《离骚》的哀怨。

怨天尤人　与其说屈原在呼天抢地，不如说他在怨天尤人。孔子强调自己"不怨天，不尤人"。屈原反其道而行之。他自述是"发愤以抒情"。古罗马诗人尤维纳利斯在诗中写过"愤怒出诗作"。中西一理，概莫能外。朱熹说《诗经》："男女有所怨恨，想从而歌。"怨恨是创作的原始出发点。

司马迁与普鲁塔克 / 《史记》

> 司马迁用一两千字写项羽之死，在史学家是奢侈，
> 在文学家则是理所当然。

西汉二年，即公元前99年，李陵统率的一支偏军遭到匈奴武帝天汉主力大军的围攻。这支五千人的突击部队节节抗击边走边退，在撤至汉朝边境仅百余里时，终因矢尽粮绝，彻底失败，李陵兵败投降。消息传至长安，满朝哗然，都说李陵该杀，只有太史令司马迁站出来说了几句公道话，却被汉武帝收监下狱。更不幸的是，一位出使匈奴的使臣带回一个错误的消息：李陵在帮助训练匈奴军队。震怒的汉武帝下令杀李陵全家。后来发现，训练匈奴军队的是另一位降将李绪。悲愤的李陵派人暗杀了李绪。

于公于私都无必要为李陵说话的司马迁，不满于世态炎凉才起来说话，不想自己也遭世态炎凉的打击。没有钱赎身没有朋友援手，身受宫刑才换得余生。后来做了中书令，那是一个宦官职位。支撑他活下来的，就是未完成的《史记》，一部天地大书。

25

《史记》是一部世界史，它所涉及的地域的广度，在当时是被理解为全世界的。《史记》是一部人类史，它所涉及的时间的跨度，从黄帝到汉武帝的三千年，在当时被理解为涵盖全人类文明的全部历程。《史记》是一部空前规模的由一个人独立完成的（司马迁之父司马谈所撰部分不详）系统完备的史学巨著。而且，由司马迁个人创造的体例——纪传体，成为历代王朝钦定的官方正史的范本。但是，在它之前和之后的所有官方或非官方编撰的史学著作，都没有《史记》所充溢着的强烈的个性色彩和活力四射的激情因素。毫无疑问的，"李陵事件"是造成《史记》风格的"情意综"之一。

对于《史记》的著作，司马迁做了多方面的准备。作为皇家图书馆馆长，司马迁对书面资料的广泛阅读是不言而喻的。而且，从二十岁起，他就开始漫游全国，游历过湖南、江西、浙江、江苏、河南、山东等地，又奉使到过四川、云南，又曾作为中书令陪侍汉武帝巡视各地。足迹遍及大半个中国，每到一地，有意识地寻找历史遗证，包括口头流传的史料。刘邦、萧何、樊哙们少年时的那些老底子，就是在这样的调查中被翻检出来的。如此精心的历览，才使得《史记》兼具正史的端庄和野史的生动。此前此后的史家们，都没有这等的耐心和用功，因此也没有创造出《史记》般的辉煌魅力和功勋彪炳。

有必要揭示一种读法。《史记》总计一百三十卷，但是，尽可以先放过十卷《年表》，八卷《书》。十二卷关于帝王的《本纪》，三十卷关于王公的《世家》，只有十余卷好看，其余多是政事编年，故事性差，可以略去。七十卷《列传》中间，《朝鲜》《大宛》《匈奴》《龟策》等卷也可以先放在一旁。八十余卷人物传，二百多位嘴脸各异遭际不同的人物及其命运，足够你目眩神迷，唏天嘘地，拍案不绝了。

在《史记》完成一百多年以后的罗马帝国时期，一个来自维奥蒂亚的希腊人普鲁塔克，也完成了一部传记著作，《希腊罗马名人列传》。在这部西方传记文学的最早的经典著作中，普鲁塔克将同类角色的希腊人和罗马人一对一排比着写出来，如亚历山大和恺撒，狄摩西尼和西塞罗。《史记》中也有这类写法，如《屈原·贾谊》《张耳·陈馀》。普氏总计写了二十三对人物，加上四位单个人物，总计写了五十人。这在规模上是无法与《史记》抗衡的。有趣的是，普氏《列传》每一篇结尾，必有一段赞词，是对主人公的赞美。这种体例源于希腊合唱队为奥林匹克运动会上获胜者或宴会结束时赞扬主人时唱的赞歌。司马迁在单篇文末，通常也附有一段"太史公曰"的"论赞"，对某个话题进行总结、评点、分析，倒未必一定是赞歌。普氏的《列传》，至少是莎士比亚的那些古罗马历史题材戏剧，如《尤里乌斯·恺撒》《安东尼与克娄巴特拉》的主要史料来源。《史记》则是中国叙事文学绵延不绝的素材宝库，其中的人物及其故事，在后世被不断地取用，再创造再放大，生生不息。

1953 年，丘吉尔以史学著作获得诺贝尔文学奖。在这个角度上，丘吉尔与司马迁有一些类似。司马迁用心于史学撰著，却完成了一部辉煌的文学杰作。《史记》是散文写作的古文典范，《史记》更是文人小说的最早摹本。曾国藩在对司马迁推崇备至时，却说《史记》"大半寓言"，意思是《史记》有大量虚构的小说的成分。这倒未必便是《史记》的短处。司马迁有文学上的冲动，有自觉的文学意识，擅写人物对话，擅长场景再现和细节刻画。对一个史学家来说，细部越生动，虚构的成分越大，因为史实的细部，往往是无法取得实证的。但司马迁的文学创造，是服从于人物的大体，植根于真实事件的框架之内，并非凭空捏造。这样，所谓史学的纯正减了半分，文学的生动就添了一分。司马迁用一两千字写项羽之死，在史学家是奢侈，在文学家则是理所当然。否则，《史记》何至于让我们爱不释手。

圈点

李陵后事　司马迁以李陵之降遭逢大祸。他在书中这样记述李陵之降："陵曰：'无面目报天子'遂降匈奴。单于既得李陵，素闻家声，及战又壮，乃以其女妻陵而贵之。汉闻，族陵母妻子。"李陵的父亲李当户是李广的长子。李当户早亡，李陵是其遗腹子。李陵事迹见《李将军列传》。

比较传奇　普鲁塔克的《希腊罗马名人传》，原题是《比较传记集》。《史记》原题是《太史公书》。唐刘知几认为"迁之所录，甚为肤浅"。明胡应麟认为司马迁"不求大体，专搜奥僻，诩为神奇"。普鲁塔克有同样的选择："美德或恶行，并不总是在最光荣的事业中明显地表现出来。通常倒是某些细微的举动、只言片语、一颦一笑，较之阵亡数万人的会战、千军万马的调动和攻城略地的壮举，更能显示出人物的性格。"

文学王族 / 曹操　曹丕　曹植

曹植《白马篇》有一白马游侠，征战沙场。《野田黄雀行》却只能"拔剑捎罗网"，救一只黄雀。

在政治上，曹丕赢了兄弟曹植，由太子而皇帝；在文学上，就整体水平而言，曹丕要输给曹植。但是，在一些单项上，曹丕创造了纪录。他是中国第一篇专业文学论文的作者，又是中国第一首完整形态的七言诗的作者，而且，还是将书信引入文学领域的先锋作家。曹丕无可置疑地同时拥有文学批评家、诗人和散文作家三重身份。

曹丕原本有理由得到一个文学博士的学位，他的《典论》是一部学术专著，可惜，全书已经佚失，保留的只有一篇《论文》。这大概只够领取一个学士学位。《论文》说"盖文章，经国之大业，不朽之盛事"，列文学与传统经典相等同，是文学的高举派。

曹丕的书信《与吴质书》共两札，是两篇率先将抒情写景笔墨引入书信的散文杰作，文字清丽动人，又很简约，颇有日后东坡小品的风味。打他这里起始，开文人将书信作文学来写的风气。曹丕的《燕歌行》亦有两篇，其一，写一位秋夜思妇的口吻，用笔委婉细腻，又摇曳多姿。"秋风萧瑟天气凉，草木摇落露为霜，群燕辞归雁南翔……贱妾茕茕守空房，忧来思君不敢忘，不觉泪下沾衣裳。"最精美的两句是"明月皎皎照我床，星汉西流夜未央"。东汉张衡的《四愁诗》是最早的七言诗，但首句有"兮"字，尚留有骚体的痕迹。因此曹丕的《燕歌行》是最早的完整的七言诗。《燕歌行》是汉代乐府民歌的古题，但已经没有相应的古作保存下来，所以曹丕的《燕歌行》便是这一古题的第一作。

文学王族曹丕的诗多写游子思乡、妇人思夫，颇能设身处地体察入微，有清新流丽的风格。在题材的宽度和气魄的大度方面，比较弱，与他的父亲比，就更是不堪了。

曹操在现代中国，所受到的热爱比敌视要多得多。在曹操成为一个著名的政治家之前，有一度，他的理想是"归乡里，于谯东五十里筑精舍，欲秋夏读书，冬春射猎"。即使在他卷入政治中心之初，最高理想也只是死后有一块"汉故征西将军曹侯之墓"，野心并不很大。不过，他终究挟天子以令诸侯，统一北中国，封魏王，并网罗诸多文人，开创一个相对繁荣的文学时代，集武功文略于一身。建安时期，北方中国的文学复兴，确系曹氏父子之功。后人说：
"曹氏父子笃好斯文"，所以造就文坛的"彬彬之盛"。

　　作为文坛领袖，曹操本人的文章也写得好。鲁迅称他
为改造文章的祖师爷。魏晋文章尚清峻通脱，以他为代表。
清峻，就是简约严明，通脱就是随便不拘束。实际上，这
是所有优秀政治家的文章风格。他们关心的是说什么，而
不是怎么说，总是把意思直截了当地说出来，才不会迂回
绕腾。有什么说什么，越如此这般，越有力量。比方曹操
敢于在文章里说："设使国家无有孤，不知当有几人称帝，
几人称王!"听起来无耻无畏，在他，不过是大实话而已。

　　曹操名下的文章，一向不被文学史认真看待，是认为
不够文学吧。被善待的是他的诗。曹操诗至今尚存的不过
二十三篇，也并不都是好诗。游仙诗和部分政治诗，简直
可以说是拙劣、枯涩、沉闷。可是那些能够称为好诗的作
品，的确太杰出了，沉郁苍凉，令人难忘。《蒿里行》记
十八路诸侯起兵讨董卓那段史实，其中的名句是"白骨露
于野，千里无鸡鸣"。《短歌行》《步出夏门行》都是普及
到中学语文课本的名作。

　　曹操以四言诗见长，一反汉代诗坛不脱《诗经》旧习
陈套的风气，独领风骚。但自他而后，四言诗还是衰微了，

此后，是五言、七言（诗）的时代了。

如曹氏父子这般，在政治与文学两界都有大成就的，几千年中国史中，再无他例。

一部《三国》为曹氏父子造像塑型。毫无疑问，它比较简化比较漫画，但都勾画得有来历有些道理。著名的七步成诗的故事是关于曹植与曹丕弟兄相逼的故事，这故事戏剧性太强，正史没有记载，视之为传说罢。"其在釜下燃，豆在釜中泣。本是同根生，相煎何太急。"这样的句子，形象生动，立意沉痛，很感人的。同是五言诗，同样相关的主题，曹植真正的杰作是《赠白马王彪》。

黄初四年，曹丕做皇帝的第四年，各诸侯王奉旨进京，算得上家族大聚会，但任城王曹彰却在京城突然暴毙。曹彰被曹操爱称为"黄须儿"，是一位骁勇善战的猛将，竟然这般不明不白地死了。曹植等黯然离京。曹植欲同白马王曹彪结伴同行，监督的使者却勒令他们分道而行。曹植愤而作诗，并把这缘由写在诗序里。《赠白马王彪》共七章，全篇八十句一气呵成。章与章之间，末句与首句呼应相连。比方第二章末句为"我马玄以黄"，第三章首句为"玄黄犹能进"；第三章末句为"揽辔止踟蹰"，第四章首句则是"踟蹰亦何留"。环环相连，又层层不同，写旅途的艰辛，写分离的悲伤。有诅咒，"苍蝇间黑白，谗巧令亲疏"；有太息，"孤兽走索群，衔草不遑食"；有强作的壮语，"丈夫志四海，万里犹比邻"；有无奈的赠别，"离别永无会，执手将何时"。虽然满怀着悲愤，写出来却并不一泄无余，而于顿挫中放射感人的力量。是一篇伟大之作。

曹植的写作，分明地以曹操之死曹丕即位为一个界线。此前是风流自赏的翩翩贵公子，此后虽贵而封王，却形同囚徒。此前是激情的少年，此后一落为苍凉的中年。他最杰出的作品多写于后期。前期的杰作《白马篇》有一个少年形象，是白马游侠，是征战沙场的英雄。后期的佳作《野田黄雀行》，亦有一个少年形象，却只能"拔剑捎罗网"，救一只误入网中的黄雀，"黄雀得飞飞，飞飞摩苍天，来下谢少年"。曹植长于文学，却志不在此，追求的是"戮力上国，流惠下民，建永世之业，流金石之功"，极欲东灭"不臣之吴"，西吞"违命之蜀"，"闲居非吾志，甘心赴国忧"！但是家族的现实不允许他如此，而且从根本上说，他实在也不具备一个政治家的素质，终究是以文学家著称于世。

晋之谢灵运有一段著名的评语歌颂曹植："天下才共一升，子建独得八斗。"《诗品》说曹植的诗"骨气奇交，词采华茂"。最能直接体现曹植才气、词采华茂的，当是《洛神赋》。《洛神赋》的背后亦有一个故事，其生动性和写意性，与七步成诗的故事一样著名，是一个畸恋的故事。《洛神赋》据说原名《感甄赋》。甄是甄夫人，她原本是军阀袁绍的儿媳妇，后来成为曹操军队的战利品。曹操将她给了大儿子曹丕，这使得小儿子曹植耿耿于怀。甄夫人死后，曹丕以其枕赐给曹植，曹植见而泪下，于是甄夫人的灵魂便来与曹植相会于洛水上。这故事只有一点根据，《洛神赋》作于甄夫人死后第二年。但它的不可信也是显而易见的，甄夫人嫁给曹丕是二十三岁，是年，曹植仅十三岁。不过，后人为作品附会故事，无疑要基于一个前提，那作品非常的动人。《洛神赋》是动人之作。写了一个人神相恋的悲剧，极写诗人的爱慕之情和洛神的惊艳之美。其想象的丰富，描写的细腻，文辞的华美，都非同凡响。"翩若惊鸿，婉若游龙"这样的成语，即出自其中描摹神女的句子。

辞赋最讲究铺陈词采，词采富丽易达到，但同时又不堆砌，又创造生动形象，就非常之难了，非要有高达八斗的才气和功力了。曹植的成就不仅在此，他还将辞赋写作中的华丽又爽朗的功夫，挪用到诗的写作上，开一代新风。

汉代以来的文人写作，均以辞赋为正经体裁。诗，只是用来酬唱应和，是社交形式的一种。由曹植为代表，文人写作则一变以诗的写作为正经了。不仅如此，曹植的优秀创作，还使汉代文人仿乐府民歌的诗作提升到一个前所未有的高度。曹植是第一个有意将辞赋的对仗形式引入诗歌的，并将炼字的工夫用于诗创作。他创造了许多被后代诗人所留意和学习的名句，比如"秋兰被长坂，朱华冒绿池"，"凝霜依玉除，清风飘飞阁"，其中的动词，都经过精心的锤炼。由此，曹植也开了后代诗人们在诗词上苦心推敲、精心雕琢的先河。

曹植之诗，现存的只有八十余首，大半是乐府诗，也是最优秀的部分，还有部分是游仙诗、祝颂诗，意义都不大。曹植的诗作，如果有共同点的话，那就是华丽、精美。这一点合乎其兄长曹丕的文学主张："诗赋欲丽"。

圈点

帝王歌诗　帝王作诗，早先都是因曲填词，更准确地说是因歌而吟。头脑里必有旋律在，所以随口唱来，诸如项羽之"虞姬虞姬奈若何"、刘邦之"大风起兮云飞扬"，汉武帝刘彻的《秋风辞》《天马歌》《哀蝉曲》等等。曹操的《短歌行》《蒿里行》

《苦寒行》，曹丕《燕歌行》《善哉行》《饮马长城窟行》，曹植的《箜篌引》《野田黄雀行》，都是乐府诗中的歌行体。

　　美女篇 曹丕有《寡妇诗》，"霜露纷兮交下，木叶落兮凄凄"；曹植有《美女篇》，"美女妖且闲，采桑歧路间。柔条纷冉冉，落叶何翩翩"；曹植最著名的《洛神赋》，其中有"翩若惊鸿，婉若游龙。荣曜秋菊，华茂春松"，"体迅飞凫，飘忽若神。凌波微步，罗袜生尘"。后者引发了金庸的武学发明之"凌波微步"。

农民诗人 / 陶渊明

> 陶潜是东晋隐逸派的第一尊模范，是田园诗第一宗师，《饮酒之五》是田园诗第一范本。

督邮是个不大不小的官儿，品级不会太高，职责大概就是巡视属县，考察官吏政绩。在《三国演义》中，督邮一出场，就露了一回大脸，被张飞鞭打了一通，害得中山府安喜县县尉刘备不得不挂印去职。再一回，督邮尚未出场，彭泽县令陶潜就自动离职回乡种田去了。时间是公元405年，东晋安帝义熙元年。适逢年终，"会郡遣督邮至。县吏请曰：'应束带见之。'渊明叹曰：'我岂能为五斗米折腰向乡里小儿!'即日解绶去职，赋《归去来》"。

到弃职那天，陶渊明在彭泽县令的任上，总共只做了八十多天。这是他平生最后一次在官场上任职。虽然，陶的曾祖陶侃以军功做到大司马、长沙郡公的高位，陶的祖父、父亲也都先后出仕，但是，陶潜本人在此之前只断断续续做过参军一类幕僚式的属官，过着时隐时仕的生活。此后，陶渊明便一隐到底终老田园。辞官归隐的陶潜写下

《归去来兮辞》，是他存留至今的十二篇散文辞赋中最著名的一篇，清新流利，朴素自然，归乡的快乐，乡居的怡然，和乐天知命的从容自得，都鲜活地在语辞间流动，是情、景、理融为一体的美文。全文只有二十八句三百三十九字，曾被梁代的萧统收入《文选》。宋代的欧阳修曾下过一句评判："晋代文章，惟陶渊明《归去来兮辞》一篇而已。"话说得绝对了一些，晋代至少还有一篇美文，是王羲之的《兰亭集序》。不过除此之外，终晋两朝及整个南北朝，三百多年间，陶渊明是唯一的散文大家。他的《五柳先生传》《桃花源记》也都是为人们熟悉的精妙短篇。《五柳先生传》，以一串"不"字句起，"先生不知何许人也，亦不详其姓字，宅边有五柳树，因以为号农民诗人焉。闲静少言，不慕荣利。好读书，不求甚解……"就如同从石头上一一凿去多余的部分，便雕出一尊形象来，一个安贫乐道"常著文章自娱"的读书人，是陶的自画像。"桃花源"，早已成为如柏拉图之理想国、托马斯·莫尔之乌托邦一样的幻想世界的代名，在中国是传统文化日常用语之一种。不过，影响最具深远的、最能表现陶渊明之为陶渊明的，还是他的诗。陶是屈原以降八百年间中国诗史上最杰出的诗人。

陶诗留存到今天的只有一百二十六首，只够出版一本很薄的集子。其中四言的九篇，五言诗一百一十七篇。四言诗自《诗经》以后，绝少佳作，只有汉末的曹操有几篇辉煌之作。陶渊明的四言诗也差强人意，不太高明，形象少，道理多，句式袭自雅颂，有的干脆就是搬来即用。只有一句"有风南来，翼彼新苗"，一个"翼"字用得好，时常被后人津津乐道。陶最擅长的是五言诗，最优秀的五言诗多写于他辞官归隐之后。最著名最脍炙人口的是《饮酒之五》：

"结庐在人境，而无车马喧。问君何能尔？心远地自偏。采菊东篱下，悠然见南山。山气日夕佳，飞鸟相与还。此中有真意，欲辩已忘言。"

钟嵘在《诗品》中品评道："岂直田家语耶！古今诗人隐逸之宗也。"哪里只是庄稼人的话呀，乃古今隐逸诗人的大宗师呵。

中国知识分子千百年来总是为两种情结所纠缠：山林情结和庙堂情结。一是志在山林，出世做隐士，徜徉山水，归隐田园；一是志在庙堂，入世做名臣，出将入相，治国平天下。只做隐士，或者只做名臣，似乎都不大甘心，最好是隐士也做名臣也做。由隐士而名臣，有榜样如诸葛亮；

由名臣而隐士的，有榜样如范蠡。陶渊明，则是彻底的隐士派。陶潜何尝生来便甘心做隐士，也曾经有"猛志逸四海"的万丈雄心，也曾经"少时壮且厉，抚剑独行游"，但因为生在一个动荡变乱的时代，志向无从伸展，才退而求其次。又因为"性本爱丘山"，所以这隐士做得认真和彻底，甘居田园，躬读以终，做了隐逸之士的代表。在东晋，陶潜即是当时的三大隐士之一，此后便愈益成了隐逸派的第一尊模范。在诗创作上，陶潜则一手开田园一派。《饮酒之五》便是田园诗的第一范本，成为历朝历代中国知识分子的最心爱之作。

细究起来，"采菊东篱下"有些飘忽，过于纯美，仙气重了，人间的烟火气淡了。陶诗中，意境更美、更田园的是"种豆南山下，草盛豆苗稀。晨共理荒秽，带月锄荷归"（《归田园居之三》）；更家常的是，"欢言酌春酒，摘我园中蔬。微雨从东来，好风与之俱"；更乡野的是，"春秋多佳日，登高赋新诗；过门更相呼，有酒斟酌之。农务各自归，闲暇辄相思，相思则披衣，言笑无厌时"。这样的诗句，苏东坡说它"似癯实腴"，看起来简单，实际上是丰满。在写者，是一气呵成。在读者，也尽可以一口气读完，毫无滞碍。在写者，是胸中自然流出，虽经过内心的砥炼，

41

却没有斧凿的痕迹。后人"拟陶""和陶"成风，但很难写得如陶潜一般自然，因为少了陶这等本色。

陶潜归的田园，是真的田园，有"暧暧远人村，依依墟里烟。狗吠深巷中，鸡鸣桑树巅"的图画，亦有"敝庐交悲风，荒草没前庭"（《饮酒·二十》）的场景。有"采菊东篱下"的悠闲，有"既耕亦已种，时还读我书"的从容，亦有"躬耕未曾替，寒馁常糟糠""夏日长抱饥，寒夜无被眠"的真劳动、真饥苦贫寒。陶潜的魅力，即在他的安于田园安于贫苦，且时时能寻出生机和乐趣。他乐在其中，所以信手便是诗的意象和精神。后人望文生义，怎生仿得出来。宋代大儒朱熹说："陶渊明人皆说平淡，据某看他自豪放。"说得真好呵。

豪放，从字义上说，是气魄大而无拘束。建功立业治国平天下是大气魄，以乡居为根本以耕读为终身，何尝不需要气魄，而且从中找得到精神飞扬自由，无拘无束，不是豪放是什么！说"淡远"是它，说豪放亦是它。"采菊东篱下，悠然见南山"的静穆，是陶潜，"刑天舞干戚，猛志固常在"的金刚怒目，亦是陶潜。陶潜何尝有两个。陶潜信奉生发的是一种自然主义哲学。自然主义哲学的基本思想就是无区别于大鹏与小雀。

关于陶潜，还有两个题目值得说一说：酒与琴。在中国诗史上，诗酒不分家。在陶渊明这里，酒是少不得的大关目。他直接以《饮酒》为题的诗就有二十首。其余诗篇中亦处处闪见。他作有《自挽诗》，其中一篇是："千秋万岁后，谁知荣与辱，但恨在世时，饮酒不得足！"酒是田园生气之一种，是陶渊明快乐哲学之一部分。有时候，陶潜在席上瞌睡了，虽然他是主人，他也会说"我醉欲眠，君且去"这等直通通的酒话。

陶潜还备有一张琴，可是无弦，他亦不懂音律。但喝酒时，或者快乐时，他便会在琴上抚一抚，找到好兴致。他还有道理："但识琴中趣，何营弦上声?"

酒与琴，是陶渊明之两副活形，不可不说。

圈点

乱世文明 文明有它自己的道路，与外在世道的兴衰不等值。大秦帝国无文学，大汉只有历史文学可以自豪。因西域胡乐西来衍生的乐府歌诗，要到汉末魏晋才真正兴盛起来。魏晋有一班诗人，就如春秋战国有一群诸子。魏晋间第一位诗人乃是陶渊明。

陶园何处 陶渊明的家乡浔阳柴桑，在九江西南，庐山即在近处。但是现存陶诗中只有一首写庐山的。陶的发现乃是田园，发明乃是桃花源。桃花源亦有出处。《三国志·田畴》说田氏：
"遂入徐无山中，营深险平敞地而居，躬耕以养父母，百姓归之，
数年间至五千余家。"陶诗《拟古诗》："昔有田子泰，节义为士
雄，斯人久已死，乡里习其风。"

魏晋女子的风度 / 《世说新语》

> 明代胡应麟说："读其言语，晋人面目气韵，恍然生动。"《世说》所记，以晋代为最重。何以魏晋之人，就恍然生动呢？

《论语·先进篇》记有一段闲谈，孔子要弟子们谈谈各自的志向抱负。子路说自己的志向是治理一个千乘大国；冉有的志向是治理方圆九百里的小国；公西华的志向是管理宗庙。最后轮到一直在旁边鼓瑟的曾点。曾点放下瑟，说自己的志向与几位师兄弟不同。孔子说，没关系，各言其志嘛。曾点说，他的理想是"暮春者，春服既成，冠者五六人，童子六七人，浴乎沂，风乎舞雩，咏而归"。暮春时节，与同伴少年，到河里洗个澡，让暖风迎面吹来，袍袖飘飘，边唱边回。孔子感叹道：我与曾点一样呵。

这一段，可以直接放到《世说新语》里头去，再切题不过了，再如孔子谈美食，叹流水"逝者如斯夫"，无不如此。

《世说新语》简约地记载人物的言谈举止，《论语》亦是人物言行录。《世说》之言行最能毕现人物个性、智慧，《论语》之言行亦见人物声色口吻和性格。不同的，大处是，《论语》的目的在表现孔子的德性，阐发孔子的思想，《世说》固然也对人物有褒贬尺度，却并不以建立思想体系为目的。不同的小处，是《论语》只纪录孔门上下的言行，以孔子生平为断代，《世说》则涉及数百位名士，年代跨东汉末至东晋三百年间。《论语》是官方的供奉，《世说》则受到更广泛的民间的热爱，民间有谚语，说"家有财产万贯，不如读《世说》一卷"。宋太祖、元太祖、明太祖、清康熙都将此书列为治国治人的根本之书。

文人学者的喜欢就更不必说了。《世说》是中国文人笔记小说的先驱，是小品文的典范。《世说》的作者，至少是名义上的著作权人，是刘义庆。刘是魏晋之后南朝宋的皇室宗亲。叔父是宋武帝刘裕，父亲刘道怜是长沙景王。刘义庆因为过继给临川王刘道规为嗣子，所以袭封的魏晋女子的风度是临川王。官做到尚书左仆射、中书令，出任荆州刺史，都督加开府议三司。《宋书》说他"性素简""爱好文义""招聚文学之士，近远必至"，南北朝最杰出的诗人鲍照也在他的门下奔走出入，可能也参与了《世说》的撰辑工作。

《世说》显然是刘义庆与门下的文人广泛采集多种书籍资料、挑检删削润色加工而成。按现在的说法，刘义庆是总策划，是召集人和主持人，是赞助人和主办单位，至多是主编加主笔的角色。有政治势力和文学爱好的帝王贵族，召集文人学士集体编撰著作，在中国是由来已久的传统。战国时的秦丞相吕不韦主持门下编订《吕氏春秋》，汉代淮南王刘安集合门下撰著《淮南子》。后来的明成祖官修《永乐大典》，清乾隆浩编《四库全书》，更是源远流长。《世说》不过继承发扬这一传统罢了，但《世说》在文学上却以开创了一种前所未有的文体风格而流芳不绝。

《世说》文风，就是一个精简。精简所以传神，精简所以含蓄，所以耐人寻味。十几字，几十字，百来字，便写出一个人的才性风度、品德高下，所谓要言不凡。就如画中的速写，电影中的特写镜头，是百般琢磨之后的一笔点睛，是千挑万拣抓住的千金一刻。这种文风并非《世说》首创，只是在《世说》蔚为大观，集大成也。《世说》风不仅是文体之风，而是与其内容相得益彰。鲁迅总结说是"记言则冷俊，记行则高简瑰奇"。文体的神韵得益于所记人物言行的风致。这便进入了魏晋风度的话题了。

明代胡应麟在其《少山房笔丛》中说："读其言语，

晋人面目气韵，恍然生动。"《世说》所记，以晋代为最重。何以魏晋之人，就恍然生动呢？

这一方面源于汉代以来的选官制度，一方面肇始于玄学佛学兴盛的风气。汉代以来一直有举荐制度。一个人品貌德性突出，就可能被举"孝廉"，有望做官。被举过孝廉的曹操颁过唯才是举的"魏武三诏令"，不论有德不计仁孝，只求有治国用兵之术。曹丕颁布过"九品官人令"，要豪门、名士留意观察，发现可用之材，分成九等品评、推荐。品评的内容，无非言语、容貌、才能、德性，所谓察其言、观其色、辨其行。久而久之，这种品评竟至成为一种专门的学问，还有专著。早在东汉，郭林宗即著有一卷人伦鉴识专著，品题了六十多位海内名士。可惜，这么一本品评言行风貌的教材竟失传。但它的出现，证明一种风气，必有特异的言语操行，才可以出人头地，这是造就魏晋风度的政治推力。思想的推力，则是玄学和佛学。玄学是老庄学说掺和少量佛学经义形成的思辨哲学。国产玄学与外来佛学便成了文人形而上思考的上好题材。玄学佛学都为思辨留有足够的余地，不像儒学那么僵硬。黄仁宇先生说，"儒教乃是一种社会的纪律，在纷乱的时代其用处很小"。汉末至晋，都是乱世。晋代，更是乱世之尤，内战外战此起彼伏。清谈既成寄托和习惯，又是避祸之良方。于是，或有所避讳而清谈，或无所顾忌而放言，或天真烂漫而特立独异，或沽名钓誉而装模作样，总之，魏晋人物自有言行风度，虽嘴脸不尽相同，却个个眉目分明。尔后的中国再无此等声色，再没有这样集体性的个性张扬、任性恣肆，识字人们纷纷被官家儒教捆绑得板板正正，修理得平平庸庸，总之面目无光，含混一团，偶尔有一些个异端和叛徒起来，便格外耀眼闪亮，光芒逼人。《世说》以后的笔记，无法仿真，没有仿真之材料耳。

《世说》按主题分出三十六门类，从德行、言语、政事，到纰漏、惑溺、仇隙。总共记下一千一百三十则小故事。有雅人雅事、好人好事，异香扑鼻；有狂人狂事，坏人坏事，恶秽冲天。好的、雅的，不同凡响；恶的、俗的，也非同寻常，过目难忘。《汰侈篇》载石崇宴客，令美人行酒，客饮不尽，即斩美人。大将军王敦"固不饮以观其变，已斩七人，颜色如故，尚不肯饮"，丞相王导责备他，敦说："自杀伊家人，何预卿事！"杀人不眨眼一句或者就是专说石、王两位。石崇后来参与"八王之乱"被诛杀。王敦两次举兵"清君侧"，第二次病死军中。

《世说》故事并非都合乎现代人的胃口。书中第一韵事大概即是王徽之雪夜访戴安道。逢大雪，咏左诗，忽然想起戴某，"即夜乘小船就之。经宿方之，造门不前而返。人问其故，王曰：'吾本乘兴而行，兴尽而返。何必见戴？'"固然雅人深致，任性放达，也有一层做作了罢。《德行篇》有"范宣年八岁，后园挑菜，误伤指，大啼。人问痛耶？答曰'非为痛，身体发肤（受之父母），不敢毁伤，是以啼耳'"。一派胡说，是取自《孝经》的言语。小儿真作如是说，便是天下第一伪人了。

《言语》《文学》《雅量》《品藻》《赏誉》《任诞》等篇，最能表述魏晋风度，所以最常被人称引其中的故事。不再重复。《贤媛》一门是关于女性智慧的一门，这里挑几则出来共赏。

赵飞燕诬告汉成帝的另一宠妃班婕妤，说她向鬼神诅咒自己。班回答说，"若鬼神有知，不受邪佞之诉。若其无知，诉之何益？"如果鬼神智商高，就不会听人胡说；如果鬼神弱智，告到门前也没用。真是辩才，逻辑严密，无懈可击。

"赵母嫁女，女临走，敕之曰：'慎勿为好!'女曰：'不为好，可为恶耶？'母曰：'好尚不可为，其况恶乎!'"言下不要干得太好，尤其不可干坏。真有人情练达世事洞

50

明的犀利，颇具批判现实主义精神。

谢道韫嫁给王凝之，"大薄凝之。既还谢家，意大不悦"，很瞧不起丈夫，回到娘家，还满脸的不高兴。叔父谢安问她："何以恨乃尔？"道韫答："不意天壤之中，乃有王郎。"没想到天地之间，居然有王老大这么一号人。言语真率无忌，令人绝倒。王凝之是王羲之的长公子，也擅书法。官至会稽内史，孙恩叛乱时，王迷信神道，请鬼兵助守，竟不设防，城破被杀。可见没大出息。他的名字在《世说》仅出现在谢道韫故事中。他的两个兄弟王献之、王徽之各自均有几十则好故事，散见全书。献之是与父亲并称"二王"的大书家。徽之好竹，有"何可一日无此君"的语录。凝之大不肖也。谢家兄弟都是淝水之战的英雄豪杰，道韫本人也受过"神情散朗，故有林下之风"的品评。《言语》门记谢家雪夜吟诗，谢安起："白雪纷纷何所似？"谢朗（道韫兄）说"撒盐空中差可拟"，道韫对"未若柳絮因风起"，谢安得意地"大笑乐"。这一节小故事，后来被清代洪昇编为《四婵娟》剧中一折。

《世说》为后世文学供给了许多原始材料。七步成诗、望梅止渴的故事，即是由此被录入《三国演义》再加工的。《世说》还有许多语词贡献，如"难兄难弟""拾人牙慧"

"咄咄怪事"，如"木犹如此，人何以堪"，等等。

或称"志人小说"或称"轶事小说"，《世说》在当时均非唯一的著作。魏晋有《笑林》《名士传》《语林》《郭子》，南北朝有《妒记》《俗说》《殷芸小说》，大多散佚，零星片断被《世说》采录。后代的仿作，如《续世说》《唐语林》《明世说语林》《明语林》《今世说》等，皆不可同语之作。《世说》的真正后续，其清隽一路化出晚明闲适小品，其诙谐放诞一路演出《笑府》，其智慧一路演出《智囊》。

《世说》到唐代有《世说新书》之名目，五代时才有了《世说新语》的名字。关于刘义庆，他另主编有志怪小说集《幽明录》，也散佚，鲁迅从古籍中勾稽出二百六十三则，从中可见文笔幽美超过《搜神记》。

圈点

结绳记事　国外也有"世说"这样的文字，但是没有这样的文体，没有像中国这样的蔚然成风。"世说"文体是从春秋左传一路下来的，类似结绳记事。文字上的精心似乎是为了把那个"结"挽得结实以免忘记。

与世无补　在文体上与《世说新语》相类的，《资治通鉴》可

52

以算一种。以精短的言行录写人记事，是其同，用心则不同。司马光自己标举的原则是，"专取关国家兴衰，系生民休戚，善可为法，恶可为戒者"。《世说新语》没这等宏大追求，但是后人也把它作史书看。

山水精神 / 王维　孟浩然

　　王维擅长从五七言古诗、五七言律诗、五七言绝句到杂言体乐府、六言诗，但以五言最为卓著，被称为"五言宗匠"。

　　苏东坡议论王维时，说他：画中有诗，诗中有画。两句话把王维其人圈阅出来了，实际上，这是关于王维评论中最著名的。

　　中国画到唐代分南北二宗，恰似禅宗在唐代分为二派。禅宗的北宗领袖是神秀，南宗领袖是慧能。中国画的北宗以李思训父子为代表，南宗则由王维开山。禅宗后世以南宗为正宗，中国画亦以南宗为正统。王维即是画坛主流派的当然领袖，如果这一点还有些武断的话，那么，王维是文人画的肇始者，就是公认的事实了。不只是一种比附，王维本人确是一位认真的佛教徒，是南宗禅最早的信奉者之一。作为侍御史的王维曾专程与慧能的弟子神会论禅，《神会和尚遗集·语录第一残卷》里记载有他们的对话录。王维字摩诘，佛教有一卷经文名《维摩诘经》。王维诗歌中的宁静，时时透着禅意，后人甚至曾推崇他为"诗佛"。

除开绘画，（当然包括书法），王维还精通音乐，一入官场，即做过大乐丞。据说，有人得到一幅奏乐图，王维看了一眼就说，是《霓裳曲》第三叠第一拍。好事者召集乐工排演之，果然不差。即便这仅仅是个故事，但这段载于《旧唐书》王维本传的故事是基于王维的音乐天才而生发的。相对于音乐、绘画，王维的诗才亦非同凡响，也许更加重要，这也是他进入本书话山水精神题的根本原因。

王维是一位神童，早年一帆风顺，二十一岁即中进士。开元、天宝年间，在东都洛阳和西都长安，王维以诗名之盛成为上流社会沙龙里的宠儿。"凡诸王、驸马、豪右、贵势之门，无不拂席迎之。宁王、薛王待之如师友。"王维的大波折，是在安史之乱时陷在叛军之中，被迫任过伪职。叛乱平息后，他因此获罪，仅仅为他曾写过感叹乱世怀念李唐王朝的诗，又因为他的弟弟王缙（一位军功卓著的大臣）的营救，他所受处分很轻，后来还一直做到尚书右丞的位置。他的文集一名《王右丞集》，王缙编定。不过，他从四十上下即过着半仕半隐的生活。晚年得到同时代另一位大诗人宋之问的蓝田别墅，成为他余生的一大赏心乐事。其《辋川集》收有五绝二十首，即是他与朋友们关于这座位于长安郊外蓝田的辋川别墅的题咏诗。诸如"空山不见人，但闻人语响。返景入深林，复照青苔上"（《鹿柴》）不仅脍炙人口，而且也是"诗中有画"的绝好注脚。与这座别墅有关的名作还有五言律诗《辋川别居》、七言律诗《积雨辋川庄作》，后者被人称为"得山林之神髓""空古准今"。

王维的诗有许多被当代中国人脱口而出的名句，如"红豆生南国，春来发几枝""独在异乡为异客，每逢佳节倍思亲"。早在唐代，王维的诗歌已经像民谣一般流传。如《送元二使安西》："渭城朝雨浥轻尘，客舍青青柳色新。劝君更进一杯酒，西出阳关无故人。"开元年间即被乐工拍为歌曲，更名为《渭城曲》《阳关曲》，传唱不休。

王维擅长从五七言古诗、五七言律诗、五七言绝句到杂言体乐府、六言诗等各种诗体，但以五言最为卓著，被称为"五言宗匠"，存诗数量也最多。除上述的《辋川集》之外，还有许多为我们耳熟能详的名作，如五律《山居秋暝》："空山新雨后，天气晚来秋。明月松间照，清泉石上流"；《使至塞上》："大漠孤烟直，长河落日圆"；《鸟鸣涧》："人闲桂花落，夜静春山空。月出惊山鸟，时鸣春涧中"。如果用一个字总括王维的诗，那就是"静"。以这首诗为例，句中虽然有花落、鸟鸣的动，却恰恰更有力地衬出了人闲、夜静、山空，一派山林的幽深和静谧，大自然的魅力从二十个字中汩汩流出。

关于王维，如果还有什么重要的话题，那就是，他是唐代山水田园诗派的大宗师，继承了陶渊明、谢灵运的山水田园传统。但是比陶渊明更精致，比谢灵运更多禅意。《渭川田家》是他的田园诗杰作，不在这里引了。我把篇幅留给孟浩然的田园诗《过故人庄》：

故人具鸡黍，邀我至田家。绿树村边合，青山郭外斜。开轩面场圃，把酒话桑麻。待到重阳日，还来就菊花。

说家常一般娓娓道来，纯真自然，意境直逼山水田园诗的远宗陶渊明。

孟浩然的年龄比王维大，成名却比王维稍晚。王维却非常钦佩这位孟夫子，对孟的"微云淡河汉，疏雨滴梧桐"，常念念在口。一次，王维邀孟浩然到内署做客，恰逢唐玄宗驾到，孟浩然不得不藏到床下。王维告玄宗以实情，玄宗很高兴，说："朕闻其人而未见也，何惧而匿？"于是命他出来，并问他近做什么诗。他自诵其诗，到"不才明主弃"一句，玄宗生气了，说："卿不求仕，而朕未尝弃卿。奈何诬我。"这个记载于《新唐书》中的传说，固然生动，但极不可靠。而且故事中孟浩然的形象也颇有些猥琐，倒是在另一个故事中，其言行更有理想的光彩。一位大臣约孟同上京师，打算荐举他入仕。偏巧孟来了些朋友，把酒言欢，就忘了约定。有人提起，他说："业正饮，遑恤他。"正喝得高兴，哪管得着其他。那位大臣一怒走了。他也不觉得后悔。孟浩然四十岁那年赴长安应进士考试，没有考中，但诗名大盛。此后，除短暂做过张九龄（他的崇拜者之一）的幕僚，孟浩然终身未做官，在漫游和乡村生活中度过。他的崇拜者中还包括李白"吾爱孟夫子，风流天下闻……高山安可仰，徒然揖清芬"（《赠孟浩然》），还有杜甫，"赋诗何必多，往往凌鲍谢"。孟浩然的全集收诗有二百六十七首，数量不多，相应的好诗的数量也不特别大。但那些可以称之为好的诗作，无疑都是真正的盛唐水平。

王维的名和字都有来历也合道理，孟浩然的名字，就不是特别名实（诗）相符。浩然，是正大、宽广的气象。孟诗中，偶尔也有"气蒸云梦泽，波撼岳阳城"这样磅礴的名句，但，总体上，使孟浩然更像孟浩然的还是这样一些诗句："散发乘夕凉，开轩卧闲敞。荷风送香气，竹露滴清响。"（《夏日南亭怀辛大》）"移舟泊烟渚，日暮客愁新。野旷天低树，江清月近人。"（《宿建德江》）写美景、幽情、愁绪，都冲淡平和，寄意蕴于自然，令人回味无穷。

孟浩然与王维同，亦长于五言，全集中七言诗仅二十首，其余的，五律最多，近二百首，五古次之，五十多首，五绝更次之，但最最著名的妇孺皆知的《春晓》，却是五绝。

圈点

坐享其成　陶渊明的田园是要躬耕的田园，王维的田园是坐享其成的田园，是安居乡间别墅安享风光的田园。所以诗中意味大为不同。王维是"行到水穷处，坐看云起时"，是"倚杖柴门外，临风听暮蝉"。陶渊明则是"敝庐交悲风，荒草没前庭"。王维的田园乃是山水。

边塞鼓吹 / 高适 岑参

> 高适向往"万里不惜死，一朝得成功""大笑向文士，一经何足穷"。岑参也是"功名只向马上取，真是英雄一丈夫""丈夫三十未富贵，安能终日守笔砚"。

唐帝国是古代中国有史以来最强大的政权，也是当时世界上势力范围最为广大、文化最发达的帝国。这种强大的政治背景造就了中国诗人创作中的浪漫主义精神和雄浑壮大的盛唐气象。最具盛唐气象的，首先是边塞诗。

即使在山水田园派大师王维的手里，边塞诗也是一宗大题材，《王摩诘文集》尚存四百余首诗作中，边塞诗就有三十多首，著名的有《陇头吟》《陇西行》和《老将行》。"少年十五二十时，步行夺得胡马骑""一身转战三千里，一剑曾当百万师。汉兵奋进如霹雳，虏骑奔腾畏蒺藜"。这是《老将行》中的句子。连淡远闲静的王维都曾有这等壮语，可见边塞诗如何盛行。

唐玄宗开元年间，王之涣、王昌龄、高适，三位齐名的大诗人聚会小饮。适逢一群梨园艺人会宴，自然少不了吹弹歌唱，演唱的自然是流行的歌诗曲词。三位便私下赌赛，看谁的作品被选唱得多。第一位艺妓唱王昌龄的诗，次一位唱高适的诗，第三位又是唱王昌龄诗。成名最久的王之涣，便指着一位最漂亮的艺妓赌誓：这一位所唱，不是我诗，"即终身不敢与子争衡"，这辈子不比了。果然，唱出来的是"黄河远上白云间，一片孤城万仞山。羌笛何须怨杨柳，春风不度玉门关"，著名的气魄大而神韵不竭的边塞题材的《凉州词》。于是，皆大欢喜，乐也融融。

除开这一首《凉州词》，王之涣今天尚存的另有五首绝句。"白日依山尽，黄河入海流"的《登鹳雀楼》即是其中之一。王昌龄也是以绝句著称，被誉为"七绝圣手"。在七绝这个项目上，只有李白可以与他比上一比。王昌龄有长篇的边塞诗《箜篌引》，但对于他具有商标性质的，还是七言绝《出塞》："秦时明月汉时关，万里长征人未还。但使龙城飞将在，不教胡马度阴山"，被称为"神品"，是唐人七绝的"压卷之作"。"秦月""汉关"的起势好，随手划出偌大时空，气魄雄大，后两句则未必佳。王昌龄另有一类代表作，写少女的真纯、写思妇的怨情，如《闺怨》《长信秋词》《浣纱女》，都是为人熟悉的名篇。再如《采莲女》："荷叶罗裙一色裁，芙蓉向脸两边开。乱入池中看不见，闻歌始觉有人来。"不假雕饰，姿质天成，在当时就广为传诵，王昌龄因而有"诗家天子王江宁"（王做过江宁丞）的美誉。真正以边塞诗著称的，还是高适和岑参。

高、岑能够不同凡响，主要的一点是他们都有出塞从军身在边关的经历。高适曾北上蓟门，到过东北塞外征过契丹，也到过西北，在河西节度使哥舒翰的幕府做掌书记。岑参更是远赴西域，到过新疆的库车和吉木萨尔，前后六年，两度出塞，分别在安西节度使和北庭节度使的幕府做掌书记和节度判官。边塞生活于他们不是遥遥臆想的奇观，乃是耳闻目睹身临其境的生活实态，所以笔下豪放得有根基。有生活根基，亦有他们个性根基理想根基。高适向往"万里不惜死，一朝得成功""大笑向文士，一经何足穷"（《塞下曲》），是一位"喜言王霸大略，务功名，尚节义"有政治冲动的诗人。岑参，也是"功名只向马上取，真是英雄一丈夫"（《送李副使赴碛西官军》）、"丈夫三十未富贵，安能终日守笔砚"（《银山碛西馆》），喜武不喜文的文人。因为志向在此，所以写起边塞，写起战争，便打点出全副精神，投入全副笔墨，热情洋溢，豪气冲天。

唐帝国，从开国以来，到开元年间，一百多年里，边境战争不断。在与边疆民族和部族的大大小小的战争中，唐王朝是胜多负少的一方。所以一直到安史之乱前，边塞诗中的战争是高亢明亮的调子。"朝登剑阁云随马，夜度巴江雨洗兵""台上霜风凌草木，军中杀气傍旌旗"，这是岑参的歌颂。"汉家烟尘在东北，汉将辞家破残贼。男儿本自重横行，天子非常赐颜色"，这是高适的昂扬。岑参诗多是歌颂，高适则于歌颂之外，对战争有批判，有感伤。同一首《燕歌行》中，既有上面的男儿豪情，也有"战士军前半死生，美人帐下犹歌舞"的沉痛。

高适之前，《燕歌行》这一乐府题目，多用来写出征将士与守家的妇人之间的绵绵相思，多是抒发哀怨之情。如曹丕的《燕歌行》即是此类。高适，则在不放弃这一主题的情况下，又添加了更丰富的内容。有"少妇城南欲断肠，征人蓟北空回首"，有"杀气三时作阵云，寒声一夜传刁斗"，还有"相看白刃血纷纷，死节从来岂顾勋"。别离之悲，荒漠之寒，战争之酷烈，庞然杂陈，融在一篇里头了。

在整个唐代的大诗人里，高适的官位做得最高，直做到淮南节度使、剑南西川节度使这样的位子上，进封渤海县侯，死后还被追赠为礼部尚书。不过，高适的成功也晚，四十六岁时才中举，而且仅仅得到汴州封丘县尉这么一个芝麻官。直到安史之乱，才因献策有功，迅速在官场上攀升。官倒是做得大了，诗的成绩却跌下去了。高适平生最杰出之作，多出在他不得意的年代，特别是北上蓟门、浪游梁宋的十几年间。漫游梁宋之际，最值得提及的是与李白、杜甫同游，追酒逐猎，登高怀古，这在高适平生，是一段难忘的浪漫主义时光。但整体上说，不得志的高适具有一副现实主义的批判眼光。高适是开元年间第一位图画农民疾苦的诗人，在名作《封丘县》中，有"拜迎长官心欲碎，鞭挞黎庶令人悲"，写出一段与陶潜辞官一般的悲凉心境，所以末句以"转忆陶潜归去来"煞尾。高适最动人最为历代传诵的还是他的雄豪之诗，即使是赠别诗，亦有"莫愁前路无知己，天下谁人不识君"的句子，比王勃的名句"海内存知己，天涯若比邻"，更来得奔放豪健。

一顶"边塞诗"之冠，不足以笼罩住高适，却足以概括岑参。边塞诗的头号人物，还是他。虽然一向以来，高岑并雄，著称于世。

岑参好"奇"，喜欢刻意制造奇字奇句。如"孤灯燃客梦，寒杵捣乡愁"（《宿关西客舍寄东山许二山人》），客梦可"燃"，乡愁可"捣"。把这一功夫用到边塞题材上，以奇崛的语言写奇峭的景观，相得益彰。"蒸沙烁石然虏云，

64

沸浪炎波煎汉月"（《热海行》），这是写大漠之热；"轮台九月夜风吼，一川碎石大如斗，随风满地石乱走"（《走马川行》），这是写戈壁之风；"草头一点疾如飞，却使苍鹰翻向后"（《卫节度赤骠马歌》），这是写骏马之快；"君不闻胡笳声最悲？紫髯碧眼胡人吹，吹之一曲犹未了，愁杀楼兰征戍儿"（《胡笳歌》），这是写胡笳之悲。最著名的比喻还是："北风卷地白草折，胡天八月即飞雪，忽如一夜春风来，千树万树梨花开。"（《白雪歌送武判官归京》）偏从暖处写寒意，一变酷寒为绚烂。真个是美不胜收。

不仅意象多彩，岑参还擅长在韵律节奏上变幻多姿。《白雪歌送武判官归京》采用传统的两句一韵，以仄声韵一贯到底。"纷纷暮雪下辕门，风掣红旗冻不翻。轮台东门送君去，去时雪满天山路。山回路转不见君，雪上空留马行处。"声情较平缓。《走马川行奉送出师西征》，则一反往常，三句一换韵，三句之中，又句句用韵，且平、上、入三声互换，拗峭劲折，顿挫有力。"匈奴草黄马正肥，金山西见烟尘飞，汉军大将西出师。将军金甲夜不脱，半夜军行戈相拨，风头如刀面如割。马毛带雪汗气蒸，五花连钱旋作冰，幕中草檄砚水凝……"

读唐诗，最过瘾的是读七古一类较长篇。非长篇不足以舒展一口豪迈之气。但长篇尤忌单调拖沓，非有岑参这等变幻功夫才可以不枯涩。

岑参的诗，据说"每一绝笔，则人人传写，虽闾里士庶，戎夷蛮貊，莫不讽诵吟习焉"（杜确《岑嘉州诗集序》），可见，他也是一位畅销作家。

圈点

高书记 高适五十岁才中试，只得封丘尉一职，三年后辞职入河西节度使哥舒翰幕府任掌书记。杜甫写过数篇"寄高三十五书记"的诗。安史之乱后，玄宗提出以各皇子分镇各地，高适最早表示反对。永王李璘果然造反，高适受命为淮南节度使，以几封书信瓦解了李璘部队。在四川做刺史镇压了两起叛乱，但是在西川节度使任内败于吐蕃军。郭沫若刻薄高适"内战内行外战外行"。

岑判官 岑参诗关涉的是西北，高适诗关涉东北为最多。高适的名篇多作于未仕之前和之初，高官之后，诗就很少了。岑参在安史之乱后还有一百七十多首。岑、高皆实地到过边关，对大漠风尘军旅风霜有眼见为实的底子，与坐守长安的文人有异。

局外人 / 李白

《古风》五十首排在李白集第一卷。"自从建安来，绮丽不足珍。圣代复元古，垂衣贵清真"即是《古风第一》。但《古风》泥沙俱下。

公元730年，三十岁的李白由南阳启程初入长安，结识了玄宗的驸马张垍。张垍没能使他面见圣上，只是把他安排在终南山玉真公主的别馆暂住。玄宗之妹、女道士玉真公主的别馆有如巴黎的文艺沙龙，时有文人雅士出入。大诗人王维、储光羲即在其中。初入长安的李白未偿大愿，怏怏而归。有诗为证："弹剑谢公子，无鱼良可哀。"（《玉真别馆苦雨，赠卫尉张卿二首》），以张垍比孟尝君，以未脱颖而出自况。十二年之后，终于因玉真公主的荐引，玄宗诏征李白入京。此时李白早已诗名远播，圣旨一颁，更是震动朝野。向来自负"申管晏之谈，谋帝王之术"的李白，于是"仰天大笑出门去，我辈岂是蓬蒿人"。此后的一段际遇，千百年来为文人们津津乐道。玄宗"降辇步行，如见绮皓。以七宝床赐食，御手调羹以饭之"。恩遇之隆，此前此后无出其右之事。但是，两年供奉翰林的官僚生涯，只有拟就的几通诏书，算是李白的政绩。被好生御用了的李白，写了数百首点缀升平的宫体词，数十首尚存于李白集中，其中十数首分明是应旨而制，诸如"云想衣裳花想容，春风拂槛露华浓"之类。李白终于被定为"非廊庙器"，而被赠金放归江湖了。

历来有同情李白的人，认为出现这种结局是因为玄宗晚年不问政事沉溺歌舞声色，所以李白没有从政机会。这种判断显然不太可靠。十多年后杜甫还有机会因投献三大礼赋而分到一小官，并且就是因为玄宗的过问。还有新的议论，说李白因为没机会参政，所以不能否定他的政治才能，这说法也不甚可信，如果李白的确显露了政治功力，那么得到一个安慰奖式的实际官职是可能的。

李白生平一向受到高度赞扬，但赞语中从未有肯定和预见他有政治本领。二十岁时，益州长史苏颋夸奖他，"此子天才英丽，下笔不休，若广之以学，可以相如比肩"，是着眼于文章；著名道士司马承祯夸奖他，"有仙风道骨，可与神游八极之表"；贺知章夸他"谪仙人"，都是着眼于他的精神风貌。

以李白的本质说，他不免是政治生活的局外人。正因为是局外人，他才汲汲以求入局，希望一举成名，不耐烦参加科举，他才会响应永王李璘的召聘，他才会在临终前一年，以六十岁高龄准备参加李光弼的讨伐大军；正因为是局外人，他才会在入局前便想好了"功成拂衣去，摇曳沧洲傍"。这都是围城式的心态。

离开首都长安，李白内心肯定是一半欢喜一半愁。欢喜是重归本色，愁绪是不甘寂寞。他的愁绪在其赠友的几首诗中均有流露。李白也有"弃我去者昨日之日不可留，乱我心者今日之日多烦忧"的时候，也知道"抽刀断水水更流，举杯消愁愁更愁"，他直截了当的办法就是，"明朝散发弄扁舟""直挂云帆济沧海"。出局就是。

局外人这一说法，很可以推演开去。对于求仙问道，李白亦是局外人，他一生数次入山修道，甚至离开长安的当年，便在陈留授道箓领了入道文凭。但他何曾安心于道，否则，他既不会一听玄宗旨诣，便"仰天大笑出门去"，也不会流放遇赦之后，再去从军。一生之中，真正为他眷恋不已的形象，恐怕就是"侠"这样的自由职业者，既可以"十步杀一人，千里不留行"，又可以"事了拂衣去，深藏身与名"，"功成不受赏，长揖归田庐"。出也出得，入也入得，真是自由之极。

根据李白的自述，他的青少年时代有许多侠客行的英雄事迹，但到底并未以侠客为职业，还是以诗写作为终身。他恐怕是中国第一位职业诗人。据考证，他后半生的生活，完全是以诗歌的声名赢得赞助而维系的。他的诗集中，有许多诗就是回赠赞助者和保护人的。虽然诗写作是其终身职业，他却不曾特别用功和努力，如杜甫那般。李白与杜甫，同为并世无二的大师，其风格路向却何其不同。

　　李白写过王维一类淡远之诗，诸如"出门见南山，引领意无限""众鸟高飞尽，孤云独去闲"之类；也写过高适岑参一类雄壮之诗，诸如"天兵照雪下玉关，虏箭如沙射金甲"之类。但李白从未写过杜甫一类纪事写实诗。将《梦游天姥吟留别》与《茅屋为秋风所破歌》作一个比较，反差就很鲜明。李白的主题是"安得摧眉折腰事权贵，使我不得开心颜"，极其个人主义（中性词）；杜甫的主题是"安得广厦千万间，大庇天下寒士俱欢颜"，极其共产主义。主题之前都是大段描写，李白的景象虚幻之极，杜甫的图画则详实之极。再如，同写安史之乱，李白的《古风十九》，用十句写天上幻境，再"俯视洛阳川，茫茫走胡兵，流血涂野草，豺狼尽胡缨"，四句写实也比较远视；杜甫的《悲陈陶》则句句在人间，"群胡归来血洗箭，仍唱胡歌饮

70

都市"，干脆是特写。

杜甫是著名的漂泊者，对世间生活总取平视的立场，深入浅出；李白虽浪迹天涯，人在世间行走，思想却常在高空盘旋，往往是俯视的眼光，浅入高出，想落天外。大江大河大山到了李白眼中，也生生被看走样了。唯恐不够醒目，往往要更加大而化之，才肯推将前来。所以有"黄河之水天上来""天姥连天向天横"一类大话。李白使用的自然意象，有人统计过，最频繁出现的是天象类的天（119次）、日（白日即有50次）、月（74次）、云（141次）、雪（76次），地理类的江（60次）、河（41次）、海（64次）、山（天山61次，青山21次）、峰（43次）。这些高而大的意象被反复使用。在单位使用量上，李白的意象并不稠密，至少不像杜甫那般稠密，往往很疏落，甚至一句才一个放大的意象，再加上快速的语言节奏，所以疏朗，意脉通畅。读李白的痛快顺畅，恰对应于杜甫的曲折顿挫。当然，顺畅也会流于平滑，就如顿挫会流于纠缠滞碍。

杜甫比较老实，李白则向来不安分守己，喜欢上天入地作神仙语，或者"君且为我捶碎黄鹤楼，我亦为君蹴倒鹦鹉洲"，或者"平明登日观，举手开云关；精神四飞扬，如出天地间"。精神狂放喜作壮语是文人向来的通病，在盛

71

唐更是流行病，但李白病得更持久更不肯善罢甘休，这就非得有一口长气才撑得住。歌行体，这种乐府长篇体式，似乎就是专为李白预备的，最容得他的长气大气在其中吐纳周转。李白的长篇读起来最过瘾，最有李白风。

精短的绝句也是李白的长项。李白绝句是唐代绝句最上一等。《将进酒》《蜀道难》之类长篇，还需要李白"胸口一喷即是"，那么"床前明月光""朝辞白帝彩云间"一类短章，干脆就是脱口一说，信手一点。绝句最能显现李白打倒"绮丽"的"清真"本领，它们已普及为儿童启蒙读物。

印象中李白似乎不擅长律诗，这是个错觉。玄宗就犯过这个错误，所以有一次专点李白赋五言律十首，结果李白"取笔抒思，略不停缀，十篇立就，更无加点……律度对属，无不精绝"。这十首《宫中行乐词》现存八首，"柳色黄金嫩，梨花白雪香……宫中谁第一，飞燕在昭阳"是《其二》。这种奉命之作，价值不大，但对仗工整，气韵天然，平仄粘对无一不合。想见李白于律度早已烂熟于心，只是不肯拘束自己罢了。李白诗现存九百余首，律诗不到百首，五律多，七律仅九首。五律《送友人入蜀》，后来被《唐宋诗醇》定为"五律正宗"，中间两联令人难忘："山从人面起，云傍马

72

头生。芳树笼秦栈，春流绕蜀城。"后一联轻松勾出一个绿色葱茏的蜀国，前一联又现"蜀道之难难于上青天"，"山从"写山势之陡，"云傍"写地势之高，是"起雄浑无迹"之句。七律《登金陵凤凰台》是有意与崔颢《黄鹤楼》对阵之作。"凤凰台上凤凰游，凤去台空江自流。吴宫花草埋幽径，晋代衣冠成古丘。三山半落青天外，二水中分白鹭洲。总为浮云能蔽日，长安不见使人愁。"景亦动人，境亦动人，寓意又深。怀古伤怀，李白又在怀念长安。

李白现存诗中，近八百首是离开长安后的创作。多数我们熟知的名篇，均作于长安之后时期。前期的名作如《襄阳歌》，"鸬鹚杓，鹦鹉杯，百年三万六千日，一日须饮三百杯。遥看汉水鸭头绿，恰似葡萄初酦醅"；如《江上吟》，"屈平词赋悬日月，楚王台榭空山丘。兴酣落笔摇五岳，诗成笑傲凌沧洲"，壮语绝伦，已是颇具规模的李白。《古风》五十首绵延前后期，排在李白集中第一卷。"自从建安来，绮丽不足珍。圣代复元古，垂衣贵清真"即是《古风第一》。《古风》泥沙俱下，不是特别李白。

细究起来，李白诗还是有师承有来历，上至屈原，下到鲍照、二谢（谢灵运、谢朓），都为他铺垫导引。但总体风貌，李白的确突如其来，在中国传统诗格局里，他像一个外来人。

圈点

胡里胡途　李白的血统籍贯历来被拷问不休。各种版本的自述他述互相矛盾莫衷一是。出生中亚碎叶已经很可疑，又为儿女起胡名：明月奴、颇黎显然不是汉名。大唐皇族本身就令人"胡"疑，大唐朝廷有许多胡人进出，称得上"胡里胡途"。李白即是胡人又如何呢？胡人圆得"中国梦"，在中国文学册页上盘桓千年，依然是中国光荣。

中国之笛　古斯塔夫·马勒在 1908 年得到一本意译的《中国之笛》。在这本根据德文、英文、法文译本而再度完成的中国诗歌集中，马勒挑选了七首诗歌据以创作了他的杰作《大地之歌》(亦译为《尘世之歌》)。这七首诗歌分别来自李白、孟浩然、王维。一首作者不详。李白的诗歌分别是《悲歌行》《采莲曲》《春日醉起言志》，一首不详。唐代诗人的诗意在管弦乐与人声的吟诵之中流芳全球。

漂泊者 / 杜甫

> 比较起来，李白是个粗人，杜甫是个细人。杜甫当然亦有大眼光大笔墨，却又能在细小处格外留意。

天宝三年暨公元 744 年的春天，李白被"赐金放还"，离开中央政府，告别了京都长安，沿着商州大道东行，在洛阳与杜甫相识，又共同畅游于梁、宋一带，把酒论文，追鹰逐兔，登高怀古。同游的还有高适。次年，745 年的秋天，李白与杜甫在山东鲁郡（今兖州）分手，此后再未见面。是年，杜甫三十三岁，李白则长杜十一岁。杜甫还是一位人在路上的雄心勃勃的青年，李白则已是一位啸傲朝野名满天下的大师。这一段激情飞扬的日子，在杜甫的心中灼下的印迹更深刻更难忘。杜甫平生以李白为题的诗作有十二首之多，而且多是用情颇深的动人之作。李白亦有两首寄赠杜甫的诗，却平泛而已。两人都有打油对方的句子。杜甫写李白："秋来相顾尚飘蓬，未就丹砂愧葛洪。痛饮狂歌空度日，飞扬跋扈为谁雄？"李白写杜甫："饭颗山头逢杜甫，头戴笠子日卓午。借问别来太瘦生，总为前人作诗苦。"虽然玩笑调侃，但所漫画都能传神。杜甫活画出一个诗酒奔放、浪迹山川的李白，李白也活画出一个苦吟用功的杜甫。杜甫确是有诗以来第一个格外用力作诗的人。他自己也承认："为人性癖耽佳句，语不惊人死不休"，喜欢"新诗改罢自长吟"，而且"晚节渐于诗律细"。这种认真，似乎与奔放的天才有了一个等级的差异，但杜甫却因此创造了绝不逊于李白的文学成就，同样代表着唐文学的巅峰。

中国诗史少了一个李白，可能声色大减，不免寂寞，但少了杜甫，恐怕诗史就无从写下去了。因为是杜甫，以其风格，创造了一种典范，影响着无数后来者，集前人之大成，开后人之大路。李白天才纵溢，后人要学也无从下手。杜甫创造了成熟的范式，于是仿者蜂起。

杜甫的诗作，在他身前甚至身后的相当一段时间，并不为诗界推崇和热衷。他的声名当时仅著于他的政治发言，即任左拾遗时上疏申救他早年的布衣朋友当时的宰相房琯，以至触怒肃宗。杜甫的诗名鹊起，要到元稹为其作墓志铭，再到白居易的举为榜样，到韩愈的"李杜文章在，光芒万丈长"，才日益受到热爱。

与李白分手后的第二年，杜甫第二次进入长安。十年前，他曾入京参加进士考试，不第而归。再入长安，他又参加了一次考试。玄宗诏征天下有一门专业才能的人，到首都听候任选，因相国李林甫的提议，还是举行了通考。全体参试者，无一及格。李林甫于是上报，野无遗贤，江湖上再无被耽误的人才了。杜甫困居长安近十年，中间因为向玄宗进三大礼赋（纪叙三大典礼的文章），才得以"待制集贤院"。755年，授河西尉。杜甫不愿离开京城，改任右卫率府曹参军，一位管理军械库的小官。当年赴乡探亲时，安史之乱暴发了。

安史之乱前，杜甫已经创作了许多杰作，著名的如《兵车行》《丽人行》《自京赴奉先县咏怀五百字》等。但他最杰出的作品更多地完成于安史之乱后。包括他入蜀前的"三吏""三别""二悲"（《悲青坂》《悲陈陶》）"二哀"（《哀江头》《哀王孙》），以及入蜀后的《登高》《秋兴八首》等。杜甫因房琯事被贬官，又辞官进入四川，再浪迹湖南、湖北。漂泊西南的最后十一年间，是他生平最高产时期。现存杜诗一千四百余首中，有九百多首创作于这十一年间。

杜甫被归入现实主义一档，主要的根据即是他的系列性的纪实诗。将这些诗作所生动描画的镜头组合起来，就

77

是一部相当完整的唐帝国由大繁荣到大衰败的社会生活史。杜甫出生于玄宗即位的那一年，他几乎目睹了整个玄宗时代和后玄宗的初始时代。同代没有任何一个诗人如杜甫这样刻意地用诗歌纪录这个时代，杜甫甚至耐心到将年月记入诗中。他的纪实兴趣和成就是不容慢待的，但纪事诗，在他的诗作中比重并不很高，数量更大的，还是他的抒情诗。反过来说，这意味着其纪事诗的质量之突出。

杜甫工于纪事，又不减诗歌魅力，这便需要好手段。一是，他善用白话口语的对话来叙事，所以保持了诗歌的生动性。二是，他擅长描写，很有镜头感。王维也擅描写，又是画家，所以很有画面感，但总体上比较静态，比较平面。杜甫的描写，多选取比较动态的景象。诸如"车辚辚，马萧萧，行人弓箭各在腰。耶娘妻子走相送，尘埃不见咸阳桥，牵衣顿足拦道哭，哭声直上干云霄"之类，强化了诗歌的生动感。再比方《羌村之三》："群鸡正乱叫，客至鸡斗争。驱鸡上树木，始闻叩柴荆。父老四五人，问我久远行。手中各有携，倾榼浊复清。"这一组运动镜头，组接得非常有层次。先拍鸡乱飞，再拍赶鸡，然后是柴门的动静，尔后是父老四五人，最后再扫视父老手中的酒物。是电影般的语言。这种纪事描写手段，挪到抒情短诗中，又衍生出另一特长，就是细腻。比较起来，李白是个粗人，杜甫是个细人。李白总是向大处着眼，向大处落墨。细小的，到了他手里，即被他百倍千倍万倍地放大变形，诸如"燕山雪花大如席"、"白发三千丈"之类。宏大的，到了他手里，又被缩微了，比方"燕山雪花"后边，便有"黄河捧土尚可塞"，黄河又成了小沟渠。颇有些没大没小。杜甫又是一番模样。杜甫当然亦有"会当凌绝顶，一览众山小"、"无边落木萧萧下，不尽长江滚滚来"大眼光大笔墨，却又能在细小处格外留意。在处理上，他并不将细小的另外夸张，只是将它们的生动传神处拈在手中扣在笔下，让我们端详个仔细。小的便是小的，但是鲜活、难忘。诸如"细雨鱼儿出，微风燕子斜""圆荷浮小叶，细麦落轻花""两个黄鹂鸣翠柳，一行白鹭上青天"之类。

杜甫漂泊西南，特别是闲居四川的日子里，制作了许多描写个人生活的绝句。在这些短诗中，将他的细部功夫发挥得更是无微不至。在成都草堂的生活，可能是杜甫平生最和暖安详的。诗中，就有"老妻画纸为棋局，稚子敲针作钓钩"、"昼引老妻乘小艇，晴看稚子浴清江"的镜头。甚至有"门外鸬鹚久不来，沙头忽见眼相猜。自今已后知人意，一日须来一百回"这样烂漫天真的玩笑。杜甫的幽默诙谐也很值得说一说。老杜并非满怀愁绪一味苦吟。"囊空恐羞涩，留得一钱看"，这是真正的穷开心；四十岁上只得一小官，却说"老夫怕趋走，率府且逍遥"，官卑一身轻的解嘲；风把帽子吹跑了，他却"羞将短发还吹帽，笑倩旁人整衣冠"这般调侃。著名的长达七百字的《北征》，中间一段写他与妻儿老小团聚情景："那无囊中帛，救汝寒凛栗：粉黛亦解包，衾裯稍罗列。瘦妻面复光，痴女头自栉，学母无不为，晓妆随手抹，移时施朱铅，狼藉画眉阔。生还对童稚，似欲忘饥渴，问事竞挽须，谁能即嗔喝？"小女儿在脸上胡涂乱抹，小儿子抓着他的胡子问这问那，一幅离乱中的全家福，苦中有乐，风趣怡然。

杜甫的诙谐或许是家传遗风。杜的祖父杜审言，临终前还与探病的宋之问等诗人朋友开玩笑，说："甚为造化小儿相苦，尚何言？然吾在，久压公等；今且死，固大慰。"头一句还有些伤感，二一句就嬉皮笑脸了。杜审言是武则天时代的大诗人，五言律诗就是在他手里有规模成气候的。七言律，则是杜甫一手推向成熟的巅峰。《秋兴八首》《咏怀古迹五首》，都是他七律的代表作，均作于漂泊西南年月。《登高》八句全用对仗，是一大创造，被称为"七律第一"。

杜甫对后代的影响，以七律和纪事的乐府为最大。但他又兼擅各种体式，内容风格上也丰富多彩，如王安石所说："其诗有平淡简易者；有绮丽精确者；有严重威武若三军之师者；有奋迅驰骋若从驾之马者；有淡泊闲静若山谷隐士者；有风流蕴藉若贵公子者。"实在不是随便说得清楚。连李白也并非一副嘴脸，更何况杜甫。

公元 765 年，杜甫的保护人西南军区司令严武病死，杜甫携家人买舟东下，离开成都移居夔州（四川奉节），两年后再东行，辗转于湖南湖北一带。公元 770 年冬，病亡于湘江一条小船上。灵柩停放在岳阳，四十三年后，由他的孙子杜嗣业归葬湖北偃师，才使他彻底终止了漂泊长旅。

圈点

情圣杜甫 梁启超标举杜甫为"情圣"，确是的论。杜甫是感情浓烈的诗人，即使在写实白描的诗作之中，也时时迸发着大悲悯的深情。与李白、高适等人的交往中，杜甫写给他们的诗作远多于被写的。杜甫很少写男女情，但是一首《佳人》凄婉动人。"绝代有佳人，幽居在空谷。自云良家女，零落依草木。"佳人乃是战乱中的弃妇："关中昔丧乱，兄弟遭杀戮。夫婿轻薄儿，新人美如玉。"

俗人 / 白居易

白居易也知道自己毛病所在："理太周""意在切"。其感伤诗杰作如《长恨歌》《琵琶行》则另是一番风光了。

一个流传久远的故事，虽然它根本没有发生过，但因为它与白居易的名字和诗作结合得如此生动和紧密，所以仍然会流传下去。故事说，少年诗人白居易初入长安，向前辈诗人大名士顾况投呈自己的诗卷。这种行为在唐代非常盛行，被称为行卷，是一种迅速建立知名度跻身文坛和官场的有效方式。顾况听到白居易的名字，便玩笑说：长安米价很贵，居之不易呵。但是，看到白诗中有"野火烧不尽"的句子，便大为叹服，改口说：写得出这种诗文的人，居长安也容易呵，刚才不过戏言耳。后人已经考证总结，顾况与白居易没有见面的机会。就这首诗而言，虽然著名，却并不尽美。全诗是："离离原上草，一岁一枯荣，野火烧不尽，春风吹又生。远芳侵古道，晴翠接荒城。又送王孙去，凄凄满别情。"五六两句是同义反复，犯了"合掌"的毛病。七八两句是点出送别的主题，单取前四句，应该是一首极好的五绝。以后面的意思推断，"枯荣""野火""春风"是安慰鼓励，被送的或者是个不第的文人不如意的公子。但是，因为"野火""春风"两句本身具有的广大的包容性，蕴含顽强生机、坚韧意志等等象征意义，便具独立的超越性的传诵价值。

使白居易确立其文学史地位的，是他的诗歌理念和诗歌实践上的通俗与艳丽。

白居易分自己的诗为四大类：讽喻诗、闲适诗和感伤诗，以及杂律诗。杂律诗是以体裁分，依照诗作的内容，完全可以纳入到前三类中间去。讽喻诗，是批判现实的社会题材的诗，是表达他的"兼济之志"的，是期望干预生活的作品，最能体现白居易的诗歌理想。总括他的文学思想，就是他所谓"文章合为时而著，歌诗合为事而作"。其讽喻诗代表作有《秦中吟》十首一组，和《新乐府》五十首更大一组。"新乐府"以杜甫为渊源，以中唐诗人张籍、王建为先声，因李绅作《新题乐府二十首》而命名。白居易最要好的诗友元稹步李绅的韵唱和二十首，白居易又响应元稹作五十首，李绅之作已失传，元稹之作眼高手低，而以白居易的诗作最为成熟，所以白居易便是这场运动的统领者。白自称他的《新乐府》是"为君为臣为民为物为事而作"，五十首诗作，一首批判一事物，展现了广大的现实，痛诋贫富不均和诸般社会不公。唯恐人们不明晰其诗的用意，白居易务必在每首诗中点明主题，"首句标其目，卒章显其志"。其中的名作，中学课本必选的《卖炭翁》是"苦宫市也"；《新丰折臂翁》，"戒边功也"；《红线毯》，是"忧农桑之费"，讥讽地方官横掠民脂进奉皇帝，"宣州太守知不知？一丈毯，千两丝。地不知寒人要暖，少夺人衣作地衣"。这样的批判尚属温和，《杜陵叟》中就比较激烈了："剥我身上帛，夺我口中粟。虐人害物即豺狼，何必钩爪锯牙食人肉!"

白居易现存诗有近三千首，为唐代第一高产诗人。但其中，他最为看重的讽喻诗不过一百七十余首，比较集中地写于唐宪宗元和初年（公元805年至815年之间）。其时他刚刚在中央政府任职，怀有高涨的政治热情，曾一度写下七十五篇政治议论文（《策林》），畅论政治、经济、军事各方面。元和十年，某节度使遣贼刺杀宰相，白居易以为是有书籍以来之"国辱"，上书请求捕贼，朝内大臣告他越职行事，白居易被贬官江州司马。事件本身只是表面的理由，其实的祸根源于白居易的讽喻诗，那些诗早已触怒朝中权贵。被贬官的白居易，由此便熄灭了他的政治热情，虽然此后，他还写有《与元九书》总结他的文学理念，在杭州太守任上修西湖大堤，在苏州赢得"苏州十万户，尽作婴儿啼"的人民热爱，在洛阳不免作"心中为念农噪苦，耳里如闻饥冻声"的兴叹，但讽喻诗是不大写了。后来，虽然有机会回到中央任职，他也宁愿做地方官，把这种路向作为一条隐逸之路贯彻下去，直到晚年与香山僧人结香火社，出钱修寺，以佛了了。于是闲适诗成为其诗作的最大宗。

闲适诗，白居易定义为"退公独处，或移病闲居，知足保和，吟玩情性者"。这种表达"独善其身"主题的诗，是除讽喻诗之外白居易自我肯定的另一类。白居易平生很推崇陶潜，在江州做官时曾专门访问过陶的故居，有《访陶公旧宅》等诗，曾作《效陶潜体诗十六首》。《钱塘湖春行》是其中被经常引诵的一种。"孤山寺北贾亭西，水面初平云脚低。几处早莺争暖树，谁家新燕啄春泥。乱花渐欲迷人眼，浅草才能没马蹄。最爱东湖行不足，绿杨阴里白沙堤。"浅切平易的句子，轻松地勾出一个清新的春天。"迷""没"这样的字汇虽直白，却显然经过锻炼。"绿蚁新醅酒，红泥小火炉。晚来天欲雪，能饮一杯无？"《问刘十九》），末两句脱口而来，与"新醅""火炉"相映衬，暖意洋洋。白居易许多有情趣的小诗，都在闲适诗一档里头。但闲适诗里，好诗与平庸之作不成比例，泥沙多而珠玉少。一味的淡雅，一味的自我孤高，一味的佛老，相同的主题相类的意象，重叠复出，未免乏味。

白居易之为白居易，令他身前畅销身后不朽的，更多的是他自己不以为然的感伤诗。讽喻诗固然体现着白的追求，但其中的好诗如上面列举的也不会超过十篇。白居易很少按捺得住议论的欲望。像《卖炭翁》中将议论藏在叙事描写中，像《轻肥》以十四句写权贵的豪侈，仅以末二句"是岁江南旱，衢州人食人"作一个有力的结束。这样把握得住的时候太少了，以至在杰作《新丰折臂翁》结尾添一段主题总结，成了蛇足。更不消说许多通篇议论的用力太过之作了。白居易也知道自己毛病所在："理太周""意在切"。其感伤诗杰作，如《长恨歌》《琵琶行》则另是一番风光了。

《新乐府》中的名作《上阳白发人》，写宫女的哀怨。其中有这样的句子："未容君王得见面，已被杨妃遥侧目，妒令潜配上阳宫，一生遂向空房宿。"似乎就暗示了写有关于杨妃的前篇。《长恨歌》写于白居易三十五岁时，大致在《新乐府》创作稍前一点。

后世对《长恨歌》的批评焦点之一就是作者在主题上的游移，在讽刺与同情之间，在重色误国与其真挚爱情之间，的确难以取舍。最终的结果是作者从批判倾向于歌颂，从政治家倾向于人性观察家的立场。对于现代读者来说，我们欢迎作者这种取向。这种艺术取向使作品闪烁着永恒的魅力。

白居易很早就知道自己是一个畅销诗人，知道其畅销的盛况："凡乡校、佛寺、逆旅、行舟之中，往往无不题仆诗者。士庶、僧徒、孀妇、处女之口，每每有咏仆诗者。"令他很有些哭笑不得的，居然有妓女以能背诵《长恨歌》而索要高价的事情。在人民中间流传的，不是他的讽喻诗和闲适诗，"悉不过杂诗与《长恨歌》已下耳"。白居易不知道的，是他在海外的畅销，在日本，他是最流行的中国诗人，日本的《红楼梦》——十一世纪的《源氏物语》中就找得到白诗的印迹。即使在英语世界，他也比李白还要受推崇，他的晓畅明白的诗歌语汇，是造成这种风行的主要原因，这一点可以让白居易觉得安慰吧。

如果仅以通俗论，白居易还俗不过他传说中的老师顾况。顾况的《杜秀才画立走水牛歌》，有"昆仑儿，骑白象，时时锁着狮子项""八十老婆拍手笑，妒他织女嫁牵牛"的大白话。

不过"元浅白俗"的帽子，还是落在他头上。毕竟他是更著名的通俗诗人。

圈点

移居日本　还在白居易生前，其诗文即被日本人传抄东去。醍醐天皇曾经写道："平生所爱，《白氏文集》七十卷是也。"由他而始，宫廷设专门讲解白诗的侍读官。大江家族祖孙五代担任这一职位，大江维时编选《千载佳句》，收中国诗人一百三十余家诗作千余首，白诗即有五百余首。

写作的姿态 / 李贺

> 《美人梳头歌》从美人睡梦写起，井畔辘辘的摇动
> 声惊醒了她。"一编香丝云撒地，玉钗落处无声腻"，
> 一直到"云裾数步踏雁沙""下阶自折樱桃花"。

中国是一个文学充盈的国度，有关古代文人的生平事迹，甚至性格气质，大致都有资料留给我们，但是这里头往往缺少有关形象的说明。李贺是例外之一，令我们格外留意。李贺的形象又很特别，按相书所说，该是"异相"。"细瘦通眉，长指爪"。为他造像的是另一位唐代诗人李商隐。

李商隐算是晚唐诗人，李贺是中唐诗人，与韩愈、白居易是同时代的文坛知名人物。李贺二十六岁病亡时，李商隐才三岁。那么他不可能亲眼见过李贺。但是他的辗转得来的印象还是可以靠得住的，因为那素描格外的醒目和令人难忘。何况李商隐是历代学习李贺最到家的一位，他应该不会随意捏造他夭亡的天才老师的形象。

"长吉细瘦，通眉，长指爪，能苦吟疾书。"这已是一

89

个忧郁苦闷的带一些病态的诗人画像。还有他奇特的写作方式和写作态度："恒从小奚奴，骑距驴，背一古破锦囊，遇有所得，即书投囊中。及暮归，太夫人使婢受囊出之，见所书多，辄曰：是儿要当呕出心乃已尔。上灯与食，长吉从婢书，研墨叠纸足成之，投他囊中。非大醉及吊丧日率如此，过亦不复省。王、杨辈（他的诗友）时复来探取写去。长吉往往独骑往还京、洛，所至或时有著，随弃之。"写作的姿态从这里可以整理出如下几点：一、创作中的极端认真和创作完成之后的极端不以为然；二、总是沉浸在创作状态中，如果不在就是因为喝醉了酒或去参加丧礼；三、其创作过程是先有零碎的诗句，再有成型的篇章，再有诗题作为命意的总结。关于后一点，李商隐提供了一种材料，说李贺与诗友们出游，他是"未尝得题然后为诗"，是诗先题后。《新唐书》的李贺传几乎是完全转录李商隐的《李长吉小传》，但在这一点上是误解了，错引为"未始先立题，然后为诗"，完全是南辕北辙，不可原谅。《新唐书》的另一点错误，是将李贺每日所骑的"距驴"改成"弱马"，这倒是无关紧要的。

李贺奇特的创作习惯既锻炼出他的诗歌特色，又形成了他的诗歌弱势和毛病。钱锺书先生说，李贺诗的文心，像近视眼的视力，近则明察秋毫，能够营造"爽肌戛魄之境"，而且"醉心刺骨之字，如明珠错落"，有这样的意境和这样的字汇，可是全篇却往往做不到"情意贯注，神气笼罩"，缺少主题精神的统领。所以远不见舆薪。从李贺诗可以找得到纤细的草，却看不出柴堆。不少诗歌有奇句，但缺乏完整的形象和连贯的情思脉络。以他著名的作品《雁门太守行》为例，也有这一类毛病。这首诗用的是汉代乐府旧题。头两句曾经使"文章巨公"韩愈大为震惊，"黑云压城城欲摧，甲光向日金麟开。角声满天秋色里，塞上燕脂凝夜紫。半卷红旗临易水，霜重鼓寒声不起。"围城的敌军像浓密的黑云，云层间透出的阳光照得铠甲闪闪烁烁，号角满天像秋风一样凄冷，塞外的燕脂草都凝冻成紫色，大军在易水边集结，霜雾重重，鼓声都暗哑了。一派苍凉和悲壮的战斗场面，但最后两句"报君黄金台上意，提携玉龙为君死"，不过是"士为知己者死"的意思。刻画是那么用力和生动，主题却那么勉强，似乎完全是为了完成诗篇才连缀上去的。据说，写作此诗时，李贺仅十八岁，那么这是一个青年诗人想当然的作品。与高适、岑参的作品是何其不同。但是诗中缤纷的意象，瑰丽的色彩多么令人难忘呵。李贺另有写鸿门宴的《公莫舞歌》，也充满了奇思幻想，以斑斓的诗句转译了这个杀气腾腾的故事，在刘邦是真命天子上用笔，却没有世道人心之忧，也没有凌驾故事之上的感慨。

李贺也有关心人民、讥刺现实之作，前者如著名的《老夫采玉歌》，后者如《感讽》其一、《黄家洞》《吕将军歌》等。但这些诗数量少，不足以代表李贺。后世批评李贺，有两个字最能中的，一是"鬼"，一是"艳"。

艳，首先是浓艳。李贺写过许多表现宫怨、闺思的言情艳体诗。

《美人梳头歌》首先有结构之精巧，从美人睡梦写起，井畔辘辘的摇动声惊醒了她。她睁开秋水一样明亮的眼睛，赤着脚到镜前解开青丝，"一编香丝云撒地，玉钗落处无声腻。纤手却盘老鸦色，翠滑宝钗簪不得"。这几句可以用来给宝洁公司的护发用品做广告，营造秀发梦境。"春风烂熳恼娇慵，十八鬟多无气力。"这是古代中国美人的娇弱之美了。又"云裾数步踏雁沙""下阶自折樱桃花"。以步态和动态之美作一个结束。用笔又温婉又细腻，凄美而浓艳，意蕴悠远。《大堤曲》《湖中曲》都是写水边的少年情事，前者是梁简文帝开手作这个题目以来最杰出的一篇，有民歌式的清新直白。后者也是从齐梁的艳歌衍化而来，

92

写出闲情中的艳情，妙在简练含蓄之极，饶有古趣。

　　李贺诗于"艳"之外，有"鬼"，被称为鬼才。鬼才有两层含义：一是想象奇诡，出人意表，脱尽陈俗；一是意象诗境的鬼气森森。李贺多用"鬼""冷""泣""瘦""枯""硬""老""死"一类不吉之字汇。"百年老成木魅，笑声碧火巢中起"（《神弦曲》）；"月午树无影，一山唯白晓。漆炬迎新人，幽圹萤扰扰"（《感讽》）；"老鱼跳波瘦蛟舞"（《李凭箜篌引》）。"鬼气"只是其诗歌想象的一种极端指向，一种病态的意兴。即使在鬼气森森之中也可以令我们于惊悚之余佩服其想象的奇崛。

　　关于李贺想象的妙绝奇异，我们可以归结到他奇特的创作方式和他的天才。关于他的"鬼气"，需要向他的生活历程去找寻源头。李贺七岁即能赋诗，十五岁已名动京师，与大他四十二岁的李益齐名并受文坛领袖韩愈的推崇。李贺是唐代郑王之后，但到他父亲就已家门零落，于他毫无帮助，仅因为父亲名"晋肃"，与进士之"进"犯讳而不能应进士第。韩愈专为此写《讳辩》一文，韩愈说，如果以父讳"进"不能考进士，那么父讳"仁"，儿子岂不是连人也不可以做了。文章虽好，李贺到底不能如愿参加考试。几番周折，另做了奉承郎，一个九品小官，在皇帝祭祀活动中，安排次序，召呼乐手。一个少年时有"男儿何不带吴钩，直取关山五十州"豪情的天才诗人，在这样一个只为谋食而屈就的位置上，其心境就可想而知了，虽天生病弱，环境局促，偏又天才早熟，李贺那蓬勃的神思异想终究要飞向某一片空域去巡弋。他找到了，一是往古的史迹，一是男女情感世界，一是天堂，一是鬼蜮。这样的空域没有什么可以阻碍他禁锢他的。能够使这四大空域融为一体的，我们可以取《苏小小墓》作一个代表。"幽兰露，如啼眼。无物结同心，烟花不堪剪。草如茵，松如盖，风为裳，水为佩。油壁车，夕相待。冷翠烛，劳光彩。西陵下，风吹雨。"幽兰上的露珠，像啼泣的眼睛。这可以代表李贺的奇思。冷翠烛，是闪烁的磷火，磷火是人骨的演化，通常被称为鬼火，在这里却是阴间的绿蜡烛。所有的三字句，组合出一副冷艳死寂的图画。"无物结同心，烟花不堪剪"却是发自一个孤独忧郁的活的人的肺腑间，这一声叹息，散发着人性的温热。到底又被飒飒的风雨吹打去。苏小小是齐梁间杭州的一位妓女，虽然不在正史上，却是人间的史迹。于是这一阕短篇，就集纳了怀古与咏情，带着天空的缥缈和鬼蜮的凄怆盘桓在我们心间，挥之不去。

李贺诗中多阴冷，月亮无数次出没，但也有阳光下的歌唱。李贺诗有晦涩的意象堆砌，但也有许多明白晓畅、词意显豁、情景清新的诗作。《马诗二十三首》《南园十三首》《咏怀二首》等，都可以作为例证。

李贺在意象的选择、语言的锻炼上都有出色的成绩。在他诗歌的背后，总让我们想起那副整日骑驴出行苦吟不止的画面。苦吟中有炼意、炼句、炼字，所以李贺诗总有上好的字汇、上好的意象、上好的段落，也有上好的篇章，但是少有大制作。大制作不是长篇大幅。李贺亦有长篇，但往往不堪卒读。其中往往珠玉杂错，凌乱飘忽，读起来让人不知所以。大制作必须有大气势、大精神来贯穿和支撑，李贺缺少这种支撑，所以比照李白、杜甫或他宗师的屈原都要差一层。

钱锺书先生对李贺有一个总结，可以录引在这里："此若人手眼。其好用青白紫红等颜色字，譬之绣鞶剪彩，尚是描画皮毛，非命脉所在。"陆游说李贺诗为"百衲锦"，是歌颂，亦是批评。

说起来，一种写作的姿态也足以圈囿一种诗歌境界和气象。李贺幸甚亦不幸甚。

圈点

英俊天才　毛泽东喜欢三李，李白、李贺、李商隐。说过，"光有现实主义一面也不好，杜甫、白居易哭哭啼啼，我不喜欢，李白、李贺、李商隐，搞点幻想。"说"李贺诗很值得一读"，说李贺"英俊天才"。毛诗词中的"雄鸡一唱天下白""天若有情天亦老"都是借自李贺。前者在李贺的《致酒行》，后者在《金铜仙人辞汉歌》。

光辉动人　《莺莺传》写莺莺样貌是"颜色艳异，光辉动人"。这八个字很可以用来描述李贺诗。李贺用字喜欢明艳的字汇，犹如凡·高在阿尔阳光下的麦田和向日葵。但是李贺色彩丰富，珠玉杂错，五光十色，陆游说李贺诗如"百衲锦"。

唐诗终结者 / 杜牧　李商隐

> 杜牧先后写过《战论》《守论》《上李司徒相公论用兵书》《原十六卫》，都是讲治乱守战的道理，并且注释过《孙子》。

大唐文学宝卷到了杜牧、李商隐这里，已经是最末一页了。但是因了他们的存在，这一页别有风光，不是强弩之末，而是揽辔一顿的奔马，为煌煌唐诗作了有力的收煞。

杜牧、李商隐被称为"小李杜"。杜牧被称为"小杜"，他本人对杜甫也推崇备至，"杜诗韩笔愁来读，似倩麻姑痒处搔"。对李白也敬佩，说"李杜泛浩浩"。但后代诗评却有人议论道："唐人学老杜，唯商隐一人而已。"（《石林诗话》）可见，小李杜与李杜之间的关联不可以作一对一的深究，小李杜只是李杜之后并世杰出的同代诗人。

但是，杜牧、李商隐何其不同也。

杜牧是名门之后。祖父杜佑是三朝宰相兼著名学者，著有《通典》二百卷。杜牧在诗里说："我家公相家，剑佩尝丁当。旧第开朱门，长安城中央。第中无一物，万卷书满堂。"很引以自豪。李商隐虽自称帝胄之后，却只与唐皇有姓氏相同一点，祖父、父亲只是县令、州佐一类小官。这一点颇像李贺。杜牧二十六岁，一举中进士；李商隐小杜牧十岁，虽与他同科参试，及第却在九年后，而且靠了他人的提携。出身和经历，也许不是最重要的，但毕竟会影响个性、气质、思想，所以他们的诗风也迥然不同。

乐游原在长安近郊，是昭陵所在。小李杜都有纪游之作。杜诗是"清时有味是无能，闲爱孤云静爱僧。欲把一麾江海去，乐游原上望昭陵"（《将赴吴兴登乐游原一绝》）。虽然是仕途灰暗以至要浮泛"江海去"，却还不免流连地"望昭陵"，梦怀前人的伟大业绩。李诗则是"向晚意不适，驱车登古原。夕阳无限好，只是近黄昏"（《登乐游原》），失望以至于绝望了。同是言情之作，杜牧是"多情却似总无情，惟觉樽前笑不成。蜡烛有心还惜别，替人垂泪到天明"。虽然温柔婉转，却只是风流而已。李商隐则是"春蚕到死丝方尽，蜡炬成灰泪始干"，透出用情之专用情之深。同是面对玄宗与杨贵妃题材，杜牧是站在"理"上批判讥嘲，有《过华清宫绝句》三首和《华清宫三十韵》，最著名的句子是"一骑红尘妃子笑，无人知是荔枝来"。李商隐也有"理"论，如"当日不来高处舞，可能天下有故

98

尘"（《华清宫》），甚至"平明每幸长生殿，不从金舆唯寿王"这样讥讽玄宗从寿王手中夺去杨玉环的句子，但更多是从"情"上起恻隐之心，如"此日六军同驻马，当时七夕笑牵牛。如何四纪为天子，不及卢家有莫愁"。感叹玄宗贵妃不如平民夫妻可以长相厮守。

中国文人都不乏政治热情，世家子弟杜牧更不例外。他尤其热衷于议论军事战略，这是很特别了。杜牧先后写过《战论》《守论》《上李司徒相公论用兵书》《原十六卫》等政论文章，都是讲治乱守战的道理，并且注释过《孙子》。但是，在晚唐帝国，地方上是藩镇割据，中央内是党人纷争，杜牧也只有纸上谈兵的份儿。中进士后的十多年里，杜牧一直在各地的幕府中做幕僚，所有的成绩就是流连山川、酒楼和妓院。他自谓"十年一觉扬州梦，赢得青楼薄幸名"，制造了不少颇为生动浪漫的风流故事。四十岁以后才做了州官（刺史），晚年重回京城，做司勋员外郎，以中书舍人终，年五十一岁。早年的激情和兵略思想，在他的咏史诗上还算用得其所，翻出些花样来。杜牧擅作翻案文章，总能在正史之外平添出一些个人意见来。《赤壁》的"东风不与周郎便，铜雀春深锁二乔"，小看周瑜算是一例。《乌江》的"胜负兵家不可知，含羞忍辱是男儿。

江东子弟多才俊，卷土重来未可知"，则是站在失败者一方设想历史的另一种可能。《历代诗话》中称杜牧这种翻案作法是"死中求活"，确是从死去的史实中翻出了活泼的诗意来。显然与杜门史家遗风有关，杜牧不仅写出声色节奏都绝妙的短篇散文《阿房宫赋》，而且看山水也总用史家的眼光。月光下幽暗的秦淮河固然引出"商女不知亡国恨，隔江犹唱《后庭花》"（《夜泊秦淮》），这样怀古伤今的意思；阳光下的水天一色，也有"六朝文物草连空，天澹云闲古今同。鸟去鸟来山色里，人歌人哭水声中"（《题宣州开元寺水阁》）的遥想。因为有历史感，所以视野开阔，境界远大。批评杜牧的诗，一定要用上爽朗俊逸、意气风发这样的字眼，或者，还要加上"流畅轻灵"。

杜牧的七绝最为人激赏，最具神韵。"千里莺啼绿映红，水村山郭酒旗风。南朝四百八十寺，多少楼台烟雨中"（《江南春》），一幅用平易语言勾出的江南春，凭一句"多少"的感叹就变得厚重不凡了。"借问酒家何处有，牧童遥指杏花村"的《清明》是否为杜牧所作，有一些疑问，因为《樊川文集》《外集》《别集》里都没有列入。但《山行》确凿是杜牧的。"远上寒山石径斜，白云生处有人家。停车坐爱枫林晚，霜叶红于二月花。"一扫悲秋的惯

100

例，营造出一个鲜红的金秋。意境是如此生动，意脉又如此简单而贯通。字汇丝毫不富丽，也没有奇句可摘出来品析，与李商隐的诗恰成反照。

李商隐在字词的锻炼组合上是很下功夫的，所以有许多名句被众口传诵，如"永忆江湖归白发，欲回天地入扁舟"；如"身无彩凤双飞翼，心有灵犀一点通"；如"纵使有花兼有月，可堪无酒又无人"；如"梦为远别啼难唤，书被催成墨未浓"，等等等等。这些名句所以不朽，不仅在于它的声色俱美，而且所指的意思既温婉幽深又都明晰可解。不过，将李商隐这些明晰可解的句子砌合到它所在的诗篇之中，因为有另外诗句的叠合交错，脉络又曲折，于是全篇的所指就朦胧难解了。可以意会却不可以甚解，成为李商隐的诗作特别是他的爱情诗的特色和魅力所在了。

李商隐的爱情诗，可以分为：有题的，比如《辛未七夕》《圣七祠》，这对阅读帮助不大，一样存朦胧难解处；有题却笼统的，比如《有感》，这种诗题早已有之，不是李商隐的创造，是无题之题；索性题作《无题》，这就是自李商隐才有的名堂；还有许多李诗，是取头一句起首两个字为题，比方《锦瑟》《碧城》之类，也是无题之题。所以《无题》诗成了李商隐爱情诗的代名。《无题》诗的诗意本来就朦胧得很，李商隐又不肯作一点说明性的提示，终于引得注释家蜂起，歧见纷纷了。《锦瑟》是最为人们喜爱也最少定论的《无题》诗，惹得王渔洋有"一篇《锦瑟》解人难"的感叹。

理解文学作品，无非有两个层面：一是认识其思想和理念，一是把握其情绪氛围和意念。对诗歌来说，后者才是主要的。能够意会就是理解。古人喜欢强解诗意，不是去追溯作品的"本事"，就是去考究作者生平，希望从有关的事迹中找出一些鳞爪来扣合诗意。实际上，作品一经完成进入流通领域，已经从作者文本变成读者文本。我们尽可以在大体把握作品意绪的基础上，清理自身的感受和体验，就是完成了一种读解。

"锦瑟无端五十弦，一弦一柱思华年。庄生晓梦迷蝴蝶，望帝春心托杜鹃。沧海月明珠有泪，蓝田日暖玉生烟。此情可待成追忆，只是当时已惘然。"头两句和末两句是比较清晰的，是说锦瑟的弹奏引发了感情的波澜。李贺的《李凭箜篌引》着力在音乐本身的震撼力上，"石破天惊逗秋雨"，"老鱼跳波瘦蛟舞"之类；白居易的《琵琶行》先写音乐之美，次写演奏者自述身世，再重弹琵琶，"却坐促弦弦转急，凄凄不似向前声"，所以才"满座重闻皆掩

102

泣"，"江州司马青衫湿"。感情的波动只是一种结束，一种结果，并不是全篇的表述重心。《锦瑟》却越过对音乐的摹写，直接抒写音乐兴起的"此情"。什么情呢？一种流逝的为之怅惘的感情，应该是世间最美好的男女之情吧，那段感情好像庄周与蝴蝶之梦，在亦梦亦幻半梦半醒之间，望帝还有杜鹃来传递哀怨情思，情爱中的人却只能珠泪涟涟，美好的爱情就像阳光下的美玉，生成丝丝缕缕的烟雾，缥缈流逝。只有在追忆中还可以重现，可当时却不明白，真是不胜惘然。

不成功的爱情经历，就同受挫的政治经历一样，总是能成就文学杰作。据考证，李商隐一生的恋爱多是不如意的，他的恋人包括女道士、宫嫔，都是难以长相厮守百年合好的爱人。李商隐偏偏又是一位在感情上很投入很认真很执著的情人，所以在感情上便有排遣不去的怅惘和忧郁，在诗作上也表现得缠绵悱恻，幽婉深致。就语言习惯而言，李商隐又擅写骈体文（他和温庭筠、段成式同擅骈体，都排行十二，其文体便被称为"三十六体"）。骈文讲究声韵，讲究华美，讲究用典，讲究结构绵密重叠，这些特点被引入李商隐的诗歌中，成为李诗的特色。

杜牧曾为李贺诗集写序，李商隐曾为李贺写小传。杜牧在"序"中总结李贺诗"辞过之而理不及",他自己的诗便在"理"上有意会畅达之长,迥异于李贺诗。李商隐的诗则逼近李贺诗。李贺诗的意象斑斓、节奏跳荡、意脉回环起伏、意境朦胧迷幻,李商隐都是有过之而无不及。

圈点

恋爱事迹 毛泽东手书过李商隐的《锦瑟》《马嵬》《嫦娥》《贾生》和《无题》之"相见时难别亦难"一篇。《无题》系列多爱情诗。毛曾经安排秘书去坊间找苏雪林《李义山恋爱事迹考》,"看是否可以买到,或者商务印书馆有此书?"

猜谜游戏 围绕李商隐的无题或近似无题的艳情诗,注家蜂起,考证本事是推想,推究本旨是想象,多是牵强附会。以诗证史近乎猜谜游戏。苏雪林考证的李商隐恋爱事迹有两大宗。其一,与女道士宋华阳;其二,与宫中嫔妃卢氏姐妹飞鸾轻凤。前者证据尚厚,后者实在勉强。不过文学鉴赏难免文学想象。

不朽的方法 / 李煜

　　《一斛珠》从晨妆写起，伊人涂了口红，轻露舌尖润了嘴唇，张开小口唱歌，唱了歌喝酒，酒沾了罗袖污了口，"绣床斜凭娇无那，烂嚼红绒，笑向檀郎唾"。

　　唐朝覆亡到宋朝立国的半个多世纪，被称为五代十国时期。五代是北方五个交替出现的短命朝代，十国则是南方十个交错或并存的小国。这时期的两个文学中心都在南方，分别是四川蜀国的花间词派作家们和江南唐国的两代国主及其一位宰相创造形成的。而后者的成就更加辉煌和不朽。

　　南唐王国，从立国到灭亡不过三十八年，三代国主执政。第一代李昪、二代李璟，末代李煜。就政治成绩而言，是一代不如一代，就文学成绩而言，是一代更比一代强。李昪算是开国皇帝。李璟在位一十九年，即位之初，尚有拓土的政绩，国土由二十八州扩大为三十五州，但到了955年，却迫于后周帝国的侵蚀，丢失江北土地并向周世宗（柴荣）称臣，自动取消了帝号，称南唐国主。李煜时，更是年年向宋王朝交钱纳贡，听任宋朝压制，降称江南国主，改变朝服，降封子弟。终于到宋将曹彬攻陷江陵，李煜率臣子肉袒出降。976年，李煜白衣纱帽抵达东京，受封为右千牛卫上将军违命侯。宋太宗赵光义即位后，改封他为陇西郡公。978年，赵光义赐牵机药毒毙李煜。是年，李煜四十二岁。

李璟本是一个"天性儒雅，素昧威武"但"多才多艺，好读书""时时作为歌诗，皆出入风骚"的人。现留存的作品有一首七律，一首不完整的七古和一些断句以及最重要的四首词，仅仅依靠这么一点文字，就足以使他在文学史上占一个位子。李煜流传下来的诗见于《全唐诗》中有十八首，并断句三十二句，留下来的词有四十余首，较为可靠的有三十多首。依靠这三十多首词，李煜成为中国词史上的第一座高峰。

冯延巳存世的作品比较可靠的也有近百首词，比李璟、李煜加在一起还要多。冯是南唐另一位优秀作家，李璟的宰相。冯的作品也大多写男女之情，但比花间词派作家写得疏朗清丽一些，并且发现了一些超越于艳情之上的永恒的人生感伤，写法也偏于凄清雅美，异于花间诗人的浓艳温软。王国维说他"虽不失五代风格，而堂庑特大，开北宋一代风气"。晏殊、张先、欧阳修都学过冯词。欧阳修的

《浣溪纱》有名句"绿杨楼外出秋千","出"字犹妙，出处即是冯的"柳外秋千出画墙"，欧句更工丽罢了。冯还有一句名句"风乍起，吹皱一池春水"，李璟曾与之调侃道："吹皱一池春水，干卿底事？"冯回答："未若陛下'小楼吹彻玉笙寒'。""小楼"语出自李璟的《浣溪纱》，是其词作中最出色的一首。

"菡萏香销翠叶残，西风愁起绿波间。还与韶光共憔悴，不堪看。细雨梦回鸡塞远，小楼吹彻玉笙寒。多少泪珠何限恨，倚阑干。""鸡塞"是鸡鹿塞，即今陕西横山县西，见于《汉书·匈奴传》，在这里代表边塞、远方。"细雨""小楼"一联，写出了离人的绵绵愁思，一派凄冷幽美，历来为人传诵。王国维独断起首二句更佳，并感叹"解人正不易得"。"菡萏"即是荷花。荷花香尽，绿波中荷叶凋残，所以"西风愁起"，无香可吹拂发散。这是将"情语"熔到"景语"中的写法。接下来便是"韶光憔悴不堪看"，这种关于时光不再的悲叹是更永恒的人生感伤，所以境界深远得多。

如果说李璟对时光流逝的感叹还比较宽泛和淡远，那么李煜的"林花谢了春红，太匆匆""流水落花春去也，天上人间"，则寄托着更深刻更直接更浓重的国家兴亡的悲怆。李璟虽然有"不堪看"的心态，到底还是看着时光在感叹。李煜已经不敢面对，时时逃避却又无从逃避，因为时光的消息总是不依不饶地拥入他眼中心中。李璟尚为中主，李煜却终于是亡国之君无以自拔了。李煜心里已拿定了"独自莫凭栏"的主意，因为"无限江山，别时容易见时难"，可是"无奈朝来寒雨晚来风"，他闭上眼睛也听得见。可是"小楼昨夜又东风"，东风照样送来时光的消息。李煜恨不得要时光作一个立定，但是，"春花秋月何时了"终究不了，所以"自是人生长恨水长东"。这些沉痛，我们根本不必拟入一个亡国之君的圈套也有会心会意的感动，因为怀恋昔日美好时光是人类的永恒主题。不同的是，通常我们的怀旧是执著于一段较平凡的温暖时光，我们的怀旧是系于一片较具体较狭窄的土地，李煜的怀乡和怀旧，却是一团非凡的繁华光景，一片偌大的土地。"四十年家国，三千里江山"毕竟是不容易放得下的。李煜的沧桑之大，所以感慨遂深，所以才有"变伶工之词为士大夫之词"的不朽成绩。

王国维说，"生于深宫之中，长于妇人之手，是后主为人君所短处，亦即为词人所长处"。这种长处，大概就在于"深宫之中""妇人之手"这样的环境，营养出李煜的

108

细腻敏感，即思维的敏锐度。后来由帝王陡降为囚徒的巨大落差，又为李煜提供了思维的厚度。思想感受的锐度和厚度的累积，才终于成就了一个杰出的作家。这一切，还不是全部的答案所在。

并不是所有经历亡国之痛的帝王都可以有这样杰出的文学成就。另一个后主，刘备傻乎乎的儿子刘禅刘阿斗，留下来的只是一个"乐不思蜀"的令人笑骂的故事。不过，刘后主是一位精明过人的现实主义者也说不定，否则怎么居然可以苟全性命于乱世。陈朝后主陈叔宝、北宋的徽宗赵佶，都兼有亡国之恨和文学素养之精深，却都没有这样的文学成绩。宋徽宗有一篇《燕山亭·北行见杏花》写被掳北去之路的遥迢之苦。描画并不精彩，意脉尤不连贯，在杏花之美到风雨凋零的愁苦之间生硬组接，甚至句式都有些拗折。放过这些不提，也如王国维先生所说"不过自道身世之戚耳"，没有向大处落墨的手眼。总之，要紧的还在于才性禀赋和心中的境界。

一个作家所以成为他本人，我们永远无法做出最彻底的解读，只有他的作品，可以由得我们拆解分析。李煜的《一斛珠》写他的正妻大周后，《菩萨蛮》写小周后，《玉楼春》写年轻的帝皇李煜，《破阵子》写中年亡国的李煜。

通常我们熟悉的李煜之词都是直吐兴亡之叹，景语被情语笼罩，景物不过为抒情做一点依托，感情的奔泻才是光彩之处。比方"雕栏玉砌应犹在，只是朱颜改"不过铺垫着"一江春水向东流"的如许深愁。这几首词则可以看出李煜的另一种白描功夫。

《一斛珠》从晨妆写起，伊人涂了口红，轻露舌尖润了嘴唇，张开小口唱歌，唱完了歌喝了酒，酒沾了罗袖污了口，酒喝多了就娇困地靠在绣床上，"绣床斜凭娇无那，烂嚼红绒，笑向檀郎唾"。笔墨很经济，集中特写女性唇吻的动作，便勾画出调情撒娇的闺房之乐。《菩萨蛮》写大周后的妹妹小周后，与李煜的幽会。"花明月黯笼轻雾，今宵好向郎边去。划袜步香阶，手提金缕鞋。画堂南畔见，一向偎人颤。奴为出来难，教郎恣意怜。"淡月迷雾之夜，一个赤脚跑出来偷情的少女，她的羞怯和火热，全在白描中出来了。《玉楼春》写宫娥鱼贯，凤箫吹，霓裳舞，甚至风飘香屑，都不过渲染了通常的宫中风景，独有末两句"归时休放烛花红，待踏马蹄清夜月"，描写之中透出少年皇帝风流清雅的情趣，于浓艳中另外枝生一种格局。李煜不仅为骑马踏月，不准点燃红烛，而且亲自设计，以销金红罗罩壁，绿钿刷隔眼，外种梅花，内悬大宝珠之类，是一个格外留心居室环境讲究情调氛围的雅人。雅人也难免有狼狈时刻："一旦归为臣虏，沈腰潘鬓消磨。最是仓惶辞庙日，教坊犹奏别离歌，垂泪对宫娥。"这是将亡国之慨隐藏在一副画面之后了。这首《破阵子》的收束是在一个特写镜头里，起首却是从广角镜开始的："四十年来家国，三千里地山河。凤阁龙楼连霄汉，琼枝玉树作烟萝。"这是大场面大手笔，但是"几曾识干戈？"到底是一个文弱君王。所以，苏轼批评李煜不该挥泪对宫娥，听教坊离曲，"当恸哭于九庙之外，谢其民而后行"，这样正大凛然的要求，也太难为李煜了。至少李煜没有伪装自己，他尚有一个"真"。

因为李煜擅用白描，后人觉得李煜词近于赋体，长于直陈其事，不用比兴。实际上，比兴亦是李煜之长。"剪不断，理还乱，是离愁。别是一番滋味在心头"是暗比，"离恨恰如春草，更行更远还生"是明喻。"砌下落梅如雪乱，拂了一身还满"是烦乱心绪的象征，也是"兴"。李煜的文学技术成熟，思想经历沧桑，加上帝皇的格局和文学天才的手眼，终于成就了一个不灭的亡国之君。李清照说李煜词是"亡国之言哀以思"，这一点尚不足以不朽，是亡国之思深且长，才所以不朽。

圈点

后主之死　李煜被赐牵机药毒死只有一个原始出处，宋代王铚的《默记》。罪状却有三个，与旧臣说悔杀当年的主战大臣；七夕之夜命故伎作乐；又传"小楼昨夜又东风""一江春水向东流"之句。推究起来，恐怕还是文人杜撰，不肯李煜死得没有力度，配不上其满腔恨血、眼界大感慨深的词作。

112

半山情结 /王安石

王安石自负"某自百家诸子之书至于《难经》《素问》《本草》，诸小说无所不读"。所以有资格骂人"君辈坐不读书耳"。

王安石是江西临川人，所以称为王临川。但自他十六岁起随父亲赴任江宁，江宁便成为第二故乡。王的父亲与王本人都数次居官江宁，并且均终老江宁。江宁即南京。王安石晚年退居南京钟山的谢公墩，该地距钟山和南京城各半，所以又称为半山。考究一番王安石的生平，"半山"似乎是一种隐喻和象征。一端是王曾达到的政治巅峰，一端是王筑垒的文学之城。半山老人在中国的政治历史和文学历史中都有非凡的烙印。

中国的知识分子，总是同时拥有政治热情和文学热情，所谓达则兼济天下，退则独善其身。达，便要去做官，去从政，治国平天下；退，则要修身齐家，著书立说。相形之下，政治冲动要比文学冲动更充沛更强烈。王安石自不例外，而且因为个性的倔强执著，坚毅果敢，政治第一的色彩尤其浓重。三十岁时，他过绍兴登飞来山古塔，曾赋诗抒怀，诗云"不畏浮云遮望眼，自缘身在最高层"。与总是徒怀壮志的其他中国文人不同，他最终达到了官僚政制中的最高阶级，数度出任通常称为宰相、宋朝名为同平章事的政府最高行政长官，并且主持设计国家的政制特别是财政金融制度。早年，北宋文坛领袖欧阳修曾赠诗比拟他为李白、韩愈，他则答诗："他日若能窥孟子，终身何敢望韩公。"他死二十年后，竟然真为朝廷追赠，配享孔庙，与孔子、孟子一并被祭祀。他的国家资本主义政治设计，成为北宋中后期搅动整个国家政治经济的风波中心，并且成为今天历史学家纷争不休的重要话题。

但是，概括来说，他个人的政治生涯是以失败至少是严重受挫而告终的。他曾被罢免宰相职务，虽在不到一年内又复出，但经过一年又九个月的任职后，他最终辞去这个高位，彻底离开了中枢机构，以外任地方官而退居二线。在晚年生活中，他曾再次拒绝了宰相的任命。他的政治改革方案也数起数落，在1085年被彻底废除，忧愤成疾的王安石于第二年含恨以殁。像中国官僚政治无数次挫败文人的政治冲动并由此推动着文学杰作的诞生一样，失败的政治生涯也为王安石创造了文学良机。王安石晚年退居江宁的文学创造特别是诗歌创造，这其中又以绝句创造为主，诞生了一批精美的篇章。

在王的早年，甚至在他出任宰相许多年前，担任地方官时，文学成绩和名气就已经很盛大了，受过文彦博、欧阳修、司马光、梅尧臣等高官文人的宣扬和推荐。王的《明妃曲二首》曾在文坛制造了轰动，引起了许多文化名人的唱和之诗。欧阳修一人就有《明妃曲和王介甫》《再和明妃曲》两篇。王安石有一批回顾历史人物的诗作，如《范增》《张良》《商鞅》《杜甫画像》，总是独具手眼，总是有个人意见去笼罩往古关怀今生，立意高远而新鲜。《明妃曲》亦是，录其一：

　　明妃初出汉宫时，泪湿春风鬓脚垂。低徊顾影无颜色，尚得君王不自持。归来却怪丹青手，入眼平生几曾有。意态由来画不成，当时枉杀毛延寿。一去心知更不归，可怜著尽汉宫衣。寄声欲问塞南事，只有年年鸿雁飞。家人万里传消息，好在毡城莫相忆。君不见，咫尺长门闭阿娇，人生失意无南北。

这首诗的新鲜，至少有两点：一、佳人之美，是丹青手无从描画的。虽然惹得"君王不自持",但是确实"枉杀毛延寿";二、昭君固然凄然出塞,怀念故国是注定的,但并不留恋汉帝的君恩。汉武帝就有过冷落幽闭阿娇的先例,所以"人生失意无南北"。特别是第二点,一扫历代文人对昭君心态的想当然,自有创见。王本人怀才不遇的意态也自然浮出字面。全诗有形象的细部描画,但诗眼所在却是议论点染出来的。说到宋诗,通常少不了编派"议论"的不是。但"议论"本身并无是非,关键还要看具体的议论是否自然而然,是否新鲜洋溢。所谓境由心生,诗情也罢画意也罢,都取决于心,心中的"思"和"想"。"欲穷千里目,更上一层楼"是议论,又是诗之绝唱。"前不见古人,后不见来者。念天地之悠悠,独怆然而涕下。"全篇都是议论,也是古今绝响。"用典"也是一样的道理。

宋朝前后三百余年,是中国历史上一段比较奇特的大时代。大宋以重文轻武著称,武人会夺权覆国,所以莫须有之罪也可以杀头。文人只是议论,纸上谈兵,虽然犯上也要发配充军,但杀头的事是罕有的。宋三百年是文人阶级的理想年代,至少是相对得意得很的时代。官方也提倡议论,文官考试极重视"策论",议论得好,便可以做官。文人们便议论不休,顺便也议论到诗里头。议论还要有本钱，本钱一是才气，二是学识。才气何时何代不有，学识，在宋代是尤其普遍的发达。教育体系的健全，出版业的兴旺，都在造就博识。王安石又是极其博识的一个，连他的敌人都承认他"博极群书"。他也自负"某自百家诸子之书至于《难经》《素问》《本草》，诸小说无所不读"。他和儿子及门人专意修订整理过《诗》《书》《周礼》的经文和《老子注》等先秦典籍的注疏，并将这些新版"圣经贤传"作为新学推行全国，所以，王安石有资格骂人"君辈坐不读书耳"。所以，王安石在诗中挪用典故也不可避免。

用典，至少有两种用法。搬过来生硬地用直统统地用，典故只是一词一事的代用品，这是一种。挪过来，但是按照自己的意见嵌到诗中，构成是新的，意思也是新的，这又是一种。王安石称前者为"编事"，后者为"用事"。说："若能自出其意，借事以相发明，情态毕出，则用事虽多，亦何所妨？"他本人在创作中大致是做到了这个程度。

王著名的《书湖阴先生壁》是传诵得极广的一篇。"茅檐长扫静无苔，花木成畦手自栽。一水护田将绿绕，两山排闼送青来。"王本人对后一联尤为得意，曾指点给来访的黄庭坚看。但这两行名句都是化用前人的句子而来。五代沈彬有"地隈一水巡城绕，天约群山附郭来"，唐代许浑有"山形朝阙去，河势抱关来"。王诗将水的"抱吴来""巡城转"改成"将绿绕"，不仅多了一层色彩的悦目，而且"绕"字更有水性，更切合水的天然意态。山的"附郭来""朝阙去"都是臣服之态，不免猥琐，改成"送青来"则凛然堂皇，正气得多。"护田""排闼"都取自古籍。"护田"见《汉书·西域传》的注疏，"统领保护营田"之意；"排闼"见于《汉书·樊哙传》，"先黥布反时，高帝尝病，恶见人，卧禁中，诏户者无得入群臣。群臣绛、灌等莫敢入。十余日，哙乃排闼直入，大臣随之。""排闼"有"破门而入"的意思。我们不必知道典故的出处，却一样陶醉于山水活泼泼的动态和情态中。这便是推陈出新的好处。

"春风又绿江南岸"也是王精心锤炼的例子。在"绿"圈定之前，王尝试过"到""过""入""满"等十几个字。"春风""江南岸"之间只合一个"绿"来勾连。"绿"的活用并非自王安石起始，李白就有"东风又绿瀛洲草"的先例，但王肯向前人认输，肯终于"绿"，还是大器，而且另有创意。李白的"绿"，受者是"草"，王的"绿"，受者是"江南岸"。这一个"绿"中已含了"春草""垂柳"在里头。因此，王的"绿"要比李白有一个跳跃。色彩字汇里含景物代景物，是王屡用的方法。如"含风鸭

118

绿粼粼起，弄日鹅黄袅袅垂"，"鸭绿"代春水，"鹅黄"代嫩柳。"春草"这一形象，在历代诗歌中总是惜别的代词。《楚辞·招隐》"王孙游兮不归，春草生兮萋萋"算是开头，白居易《赋得古原草送别》是"又送王孙去，萋萋满别情"，王维《送别》是"春草年年绿，王孙归不归"，等等。所以"春风又绿江南岸"接下来，便是"明月何时照我还"。明月又是旅人思乡的象征。别情这一题目，就是这样顺着意识的流动合力完成的。

这首《泊京口瓜洲》是早年的即景诗。但王早年还是以怀古诗、即事诗（如《河北生民》《叹息行》《收盐》《感事》）等政治性社会性题材的诗为多，晚年所写，才多是即景诗。这自然与他跟社会政治拉开一些距离有关。不过，即景未必全然是风景，时不时地，王安石的情怀也闪烁出来跳荡出来。比方《北陂杏花》："一陂春水绕花身，花影妖娆各占春。纵被春风吹作雪，绝胜南陌碾成尘。"又是"论"在其中了。所以，后人在欣赏其"意韵幽远""雅丽精绝""舒闲容与"一面，也留意到其"覃深精奥""深婉不迫"的一面，留意到他的"拂云豪逸之气，屏荡老健之节"。王到底不脱政治家的意气。

王的晚年之作，在诗界影响最为深远。后人称为"王荆公体""半山诗"。半山诗都是绝句。绝句可以不讲对仗，但半山老人却有许多对仗精妙的句子，如"细数落花因坐久，缓寻芳草得归迟""背人照影无穷柳，隔屋吹香并是梅""晴日暖风生麦气，绿阴幽草胜花时"等。他在绝句上的锻炼之功，很像杜甫晚年在绝句上的用力。王安石是宋代第一个大力弘扬杜甫的人，他编过《四家诗选》，以杜甫为第一，李白置末。编过《老杜诗后集》。杜甫的"读书破万卷"的修养和"语不惊人死不休"的刻意，文学家的王安石都有深度的继承和发扬，杜甫对民生疾苦国家政治的汲汲关切，不用说，政治家的王安石也是光大着的。

圈点

公文与私文 古人文集中，大比例的往往是公文，表状书启章奏笺札。李商隐生前编订的《樊南甲集》《樊南乙集》各二十卷，乃是其得到时名的骈体文。诗集只有三卷。但是传承至今的《玉溪生诗》却是后人收集编订。王安石的文集亦是公文论文居多。以今人眼光看"私文"才合文学，无论诗词书简，越私越文学。

退休十年 杜甫"晚节渐于诗律细"，王安石亦是。他的文章气力甚足，"语语转，字字紧"，晚年的诗作则淡远清新。江宁十年的退休生活褪去了他许多烟火气。皇帝赐他一匹马，后来马死了，代之以驴。他时常骑驴游山，"尽日独行春色里，醉吟谁肯伴衰翁？"

流放者的归来 / 苏轼

袁宏道说："东坡可爱者，多其小文小说，使尽去之，而独存其高文大册，岂复有坡公哉！"这是深知东坡者的说法。

清理清理中国文学家的阶级成分，会发现，充满了政治失意分子。或者是流配的罪犯，或者是罢官的退休者、辞官的隐居者，或者是从政根本就不遂者，或者是亡国之君，或者是下层社会的漂泊者。其中，流放者是比较集中的一支，屈原、柳宗元、刘禹锡、苏东坡等等，都是在此一编的。苏东坡是最著名的流放者，创造了不少纪录：他是宋代第一个被流放到大庾岭以南的配犯，更不用说最后远至海南岛的遥迢了；他是宋代第一桩文字狱的受害者，作为"乌台诗案"的主犯，是因诗中触犯"新法"而被囚禁和流放。

苏轼总结自己的一生，说："问汝平生功业，黄州惠州儋州。"他两度发配三地流徙的流放生涯，前后加起来有近十年之久。苏轼一直是一个以达观超脱著称的人物，但这么长久的流放无疑仍在他的思想和文学中刻下了许多永远的印记。流放期作品，大多可列入最优秀的苏轼之作行列里。《东坡海外集》收录了苏轼在广东（惠州）和海南（儋州）两地的流放之作，其诗达到了圆熟的境地，其精神最为温暖平和，一百二十四首唱和陶潜诗可以列为代表。湖北黄州时期，诞生了最著名的词《浪淘沙·大江东去》，最著名的小品《记承天寺夜游》，最著名的抒情短赋《前赤壁赋》和《后赤壁赋》。

苏轼陪客两游赤壁，前后不过三个月，有"前赋"有"后赋"，同题之下并为名篇，其中确是各有千秋。前赋写初秋之境，"清风徐来，水波不兴""白露横江，水波接天"；后赋写晚秋之景，"霜露既降，木叶尽脱""山高月小，水落石出"。前赋之游，以咏诗吹箫为内容；后赋之游，以登山为始以放舟为终。前赋以议论为文中主体，后赋以画景为主体。后赋画景，写苏轼独自登山长啸，感觉"悄然而悲""肃然而悲"，三人同舟，感觉江流的寂寥，思情都在景物中。前赋议论则意气风发。客人怅然于天地不变，长江无穷，人生短暂。东坡虽在流放中却能从大处看世界，说：以变化看世界，天地万物一瞬间都不同；以不变看世界，明月还是那明月，江流还是那江流。万物各自有主，唯山间明月江上清风，我们可以共享，而且，取之无尽，用之不竭。这种恢弘的人生感想最能感动人。以个人偏好论，我宁取前赋为上选。两篇都有感伤情调，后赋的感伤只能以孤鹤入梦的缥缈来冲淡，前赋的感伤则为放达的思想所化解，一变为真心欢笑。"客喜而笑，洗盏更酌。肴核既尽，杯盘狼藉。相与枕藉乎舟中，不知东方之既白。"这样的结尾何等天然和绝妙，写出了人在山水中的恣肆和放松，写出了山水本色和人的本色。《记承天寺夜游》虽短，也是同样姿色。先纪年月日，欲睡见月，起身到承天寺找朋友散步。正文不过三十余字："庭下如积水空明，水中藻荇交横，盖柏影也。何夜无月，何处无竹柏，但少闲人如吾两人耳。"就此打住。真正应了东坡自我的总结，他说，"吾文如万斛泉，源不择地，皆可出"，"常行于所当行，常止于不可不止，如是而已矣"，如是而已。苏文，尤其是他的小品，那些题跋、札记、尺牍，都是这样简约从容，颇类《世说新语》的文风。看起来都是片断，没有天头地尾的端正，却是天然的完整。这部分的苏东坡，其后影响了明代的公安竟陵两派，影响了张岱、袁枚、郑板桥。袁宏道说："东坡可爱者，多其小文小说，使尽去之，而独存其高文大册，岂复有坡公哉!"这是深知东坡者的说法，小文的好处，就在辞达而已。

辞达，在孔子那里是一个基本的文学标准，在苏轼这里则是最高准则。他说"辞至于能达，则文不可胜用矣"。辞达，不是简陋，干巴巴，有可达之意，自然有能达之辞（表述清晰的文章）。文采之类，都在你要表述的意思里，用不着额外用力。苏轼本人有这分自信，也确有实绩摆在那里。

所谓"韩潮苏海"，是说韩愈文章像大潮，苏轼文章如大海。苏文当然并不都是恬淡小品，也有高头讲章。东坡做过"翰林学士知制诰"，一个草拟圣旨的工作。苏文全集中收了东坡拟就的八百道圣旨，这些东西虽有可观的研究价值，到底是政府文件一类。东坡另有一类属于传统散文范畴，这里面包括策论、史论。议论政治和议论历史基本上是一回事，只是前者有一些针对性，靠现实近一些，后者距现实稍远一些。苏轼搬弄历史很有个人技巧，不乏真知灼见，也不乏书生之见。比方《商鞅论》中以为商鞅变法祸国殃民，比方《武侯论》建议孔明出资数万金离间魏国君臣，准可以大功告成。东坡很能在史论中随机生发，翻案出新，这一点对于应付科举考试很有帮助。宋代考生中已经流传这样的口号："苏文熟，吃羊肉；苏文生，吃肉羹"。苏东坡与吃似乎有莫大联系。

苏东坡在黄州流放期间，功绩之一是兴办了东坡农场，有十亩地。东坡在黄州的职位是团练副使，无权签署公事，不能在文件上签字，官卑职小薪水少，种地是养家糊口。黄州时期虽然艰辛，也不到饥寒交迫的地步。黄州猪肉奇贱，东坡乘机发明了"东坡肉"之烹调术，是他流芳百世的又一项成就。东坡诗中，总有一些从旁人不经意处转到吃这一题目的段子。《游博罗香积寺》一诗，他从山下溪水想到水力转动碓磨，由碓磨想到雪一般飘落的面粉，由面粉想到有十字裂纹的蒸饼的芳香。《惠崇春江晓景》一诗，由赏画可以跳到品吃。"竹外桃花三两枝，春江水暖鸭先知"，除一个"暖"字是个人发现，其余尚属于看图说话的写实。"蒌蒿满地芦芽短，正是河豚欲上时"，这便是美食家的嘴脸了，是由写实到写意了。画上有蒌蒿和芦荻，而据《本草纲目》"河豚宜与蒌蒿芦笋同煮"，东坡便"想落天外"了。其他诸如"长江绕郭知鱼美，好竹连山觉笋香""春畦雨过罗纨腻，夏陇风来饼饵香"，"吃句"颇不少矣。这都是东坡想象丰富的一类例证，是其天赋诗才的一解。

如钱锺书先生所说，东坡诗的大特色就是善喻，以至博喻。《百步洪》一诗中四句连用七种形象比喻水势飞溅之态，是最著名的例子。"欲把西湖比西子，浓妆淡抹总相宜"是又一例。东坡本人也很得意于这一意绪的首创，曾再三使用，如"西湖真西子"（《次韵刘景文登介亭》），"只有西湖似西子"（《次韵答马中玉》），"西湖虽小亦西子"（《再次韵德麟新开西湖》），都不如前篇好。因为这一妙喻之好，精神全在"浓妆淡抹总相宜"的发挥上。这一佳句，是起于形象过渡于议论又终于形象的妙喻。"不识庐山真面目，只缘身在此山中"，则是起于形象，终于议论的妙理。同样是写意的句子，后者却在总揽庐山形象之上，额外多一层人生义理，意思更阔大，适用更普泛，已经积淀为成语之一种。"雪泥鸿爪"也是东坡诗贡献的成语，蓝本见《和子由渑池怀书》："人生到处知何似，应似飞鸿踏雪泥；泥上偶然留指爪，鸿飞那复计东西。"写出了人生的来去无定不由自主，却用一种超脱的意识去总揽和提升。到黄州时期的"人似秋鸿来有信，事如春梦了无痕"，则更加达观，更加意境恣放，更加"撒手游行"。

东坡的又一文学公式，是"出新意于法度之中，寄妙理于豪放之外"，他本人确是经常做到了，用"新意"来激荡法度，用"妙理"来统率豪放。有新意即因为有妙理，有妙理必然出新意。妙理附着于形象，便是妙喻。妙喻可以超越形象，便是妙理。所以，议论于诗并不可怕，要紧的是看你如何议论。

苏轼是欧阳修的门生，正是欧阳修在当年的进士考试中录取了他。苏轼又是欧阳修之后的文坛领袖，苏门弟子是当时文坛的中坚力量。黄庭坚开创的江西诗派是整个宋代影响最大的诗歌流派；同样是苏门四学士之一的秦观，以其感伤凄清的词作自成一家，在中国词史上占据重要一席。但是，他们的文学成就终究无法与苏轼相比。这一点上，苏轼比照欧阳修稍逊一筹，欧阳修拥有一个他这样的伟大学生，而苏轼没有。

以个人创作成就而言，苏轼的影响比欧阳修更深厚更广大，无论诗、书、画、文、词，均在生前就创造了巨大的成功和轰动影响。苏词，是其中最不可慢待的一个项目。

东坡是词史上划时代的人物，"词至东坡，倾荡磊落，如诗、如文、如天地奇观"；苏词"指出向上一路，新天下耳目"；苏词"一洗绮罗香泽之态……使人登高望远，举首高歌，而逸怀浩气，超然乎尘垢之外，于是《花间》为皂隶而柳氏为舆台矣"。东坡把花间派词人和柳永都变成跟班走卒了。是赞语难免就高亢一些。不过，词到了东坡手里确是面目一新。首先是题材的拓展，东坡是无事不可以入诗无事不可以入文，同样无事不可以入词，无论山水田园、怀古感今、咏物纪事，尽挪入词中畅达之，绝不拘束在男女情离别苦的传统题目里。其次还是境界和气象的开阔。这还是手眼问题。是胸有朝阳，照到哪里哪里亮，是思想的追光，光芒所及，精神毕现。

东坡也写艳词。"冰肌玉骨，自清凉无汗。水殿风来暗香满。绣帘开，一点明月窥人；人未寝，欹枕钗横鬓乱。"写五代后蜀后主孟昶与妃子花蕊夫人事，写浓情却不用浓艳笔墨。下阕从房内转入庭院，写偕行纳凉，看满天星河。结尾却是，"但屈指，西风几时来，又不道，流年暗中偷换"。归结到感叹时光流逝上来，从情理跳到哲理上了。这又是一个文人最常感怀的题目，东坡最能看得开，"不应有恨，何事长向别时圆？人有悲欢离合，月有阴晴圆缺，此事古难全。但愿人长久，千里共婵娟"《水调歌头·明月几时有》这种达观，不是强作出来的自我安慰，而是将感伤的情思和解脱的快乐一并在心间放得下的从容。苏轼作密州太守时，同期写过两篇《江城子》，一是"十年生死两茫茫，不思量，自难忘。千里孤坟，无处话凄凉。纵使相逢应不识，尘满面，鬓如霜"是悼念亡妻之作。一是记出猎，"老夫聊发少年狂，左牵黄，右擎苍"，"酒酣胸胆尚开张，鬓微霜，又何妨!"刚大之气和缠绵之情，都可以在一个东坡胸中酿就，奔涌出来。

东坡一生起伏跌宕之大，是有理由无比愁苦痛不欲生的，但他却能够"长恨此身非我有，何时忘却营营"，"竹杖芒鞋轻胜马，谁怕？一蓑烟雨任平生"，"用舍由时，行藏在我，袖手何妨闲处看"。流放黄州，在最具代表性的《念奴娇》中也保持了"多情应笑我，早生华发"的洒脱。困居海南之岛，他也有"天地在积水中，九州在瀛海中，中国在少海中。有生孰不在岛者"的放达。

东坡，不仅在文学表现中，而且在身体力行中，打通了儒、释、道三家门户，成为中国文化的典范形象，因而受到了历代几乎全体中国人的衷心热爱。他的著作，也受到爱不释手的广泛阅读。

1101 年，这个著名的流放者于重归大陆后的第二年病逝于常州。

圈点

字正腔圆 存世的苏轼法书以《赤壁赋》为第一。残缺了三十六字，由文徵明补齐。文的字也好，但是与苏字排在一起，还是高下立判。以此帖看，苏字真真是字正腔圆。董其昌以为，此赋为楚骚之一变，此书为兰亭序之一变也。

白话语文　白话到了宋代已经非常成熟。苏轼散文大致都是明白如当今白话，直接放到网络上开张博客，可以赢得巨大点击率。其中，尤以《东坡志林》最合网络风格。《志林》在宋代又名《东坡手泽》。苏轼喜欢随手书字，杂记所见所闻，交给身边的儿子，放入手泽袋中。这些细节有黄庭坚文字为证。

说尽天下愁滋味 / 李清照

> 词，最是以愁为美。愁有两等，一等是闺情闲愁，一等是家国离愁。李清照早年词，是前一等；晚年词，是后一等。

清代写《长生殿》名剧的洪昇，另有一部四折短剧《四婵娟》存留至今，写四个才女的韵事。第一折写谢道韫与叔父谢安雪夜联吟的故事；第二折写卫夫人向王羲之传授簪花格书法的故事；第三折写李清照与丈夫赵明诚斗茗评论历来夫妇的故事；第四折写管仲姬和丈夫赵子昂泛舟画竹的故事。李清照与赵明诚斗茗的蓝本即是李清照本人所写《金石录后序》。《金石录》是赵明诚所撰述的学术专著。考究青铜器铭文及碑石刻写文字的金石学，属于古文字学和历史学范畴，较西方考古学要早得多，兴盛于北宋。《金石录》之前，有欧阳修的《集古录》。《金石录》有赵明诚自序一篇，刊于书前，李清照的文字写于赵卒后数年，刊于书末，所以称后序。《金石录后序》着眼不在金石，而是自述生平历历，是一篇不可多得的真情美文，谈李清照不可以不谈它。

读"后序"者，总是难忘李清照夫妇斗茗一段。抄录在这：

>"……屏居乡里十年，仰取俯拾，衣食有余。（赵）连守两郡，竭其俸入，以事铅椠。每获一书，即共同勘校，整集签题。得书画彝鼎，亦摩玩舒卷……字画完整，冠诸收书家。余性偶强记，每饭罢，坐归来堂，烹茶，指堆积书史，言某事在某书某卷第几页第几行，以中否角胜负，为饮茶先后。中即举杯大笑，至茶倾覆怀中，反不得饮而起。甘心老是乡矣。故虽处忧患困穷而志不屈。"

赵李夫妇同乐沉醉书卷的旖旎风光，千载之后亦令人神往。李清照写此段文字时，已在流离失所之中，意义所在，不在痴人说梦，不在重温早年美好时光，而是要写出后来的惨痛。写爱之深，正是为了写失之切。赵李夫妇沉溺书册古器中间，不惜"谋食去重肉，衣去重采，首无明珠翡翠之饰，室无涂金刺绣之具"。但是，"胡兵忽自天上来"（李清照诗）靖康之变突然降临。两位大宋皇帝被金人掳获北去，国灭；赵李夫妇颠簸南下，赵因病卒于动乱年代，家亡。南下之初，他们"尚载书十五车"，但不久之后，无论字画古玩，或毁于兵火，或失于窃贼，已不存一二。《后序》写爱书家的遭遇，写出了家国之变的沧桑。

家国离乱的感慨，在李清照的文中，是痛，在李清照的诗中，是悲："子孙南渡今几年？飘零遂与流人伍。欲将血泪寄河山，去洒东山一抔土！"在李清照的词中，是愁："物是人非事事休，欲语泪先流。闻说双溪春尚好，也拟泛轻舟。只恐双溪舴艋舟，载不动，许多愁。""伤心枕上三更雨，点滴霖霪，点滴霖霪，愁损北人，不惯起来听。"

词，最是以愁为美。愁，是词表现的第一宗大题目。愁有两等，一等是闺情闲愁，一等是家国离愁。李清照早年词，是前一等，晚年词，是后一等。

"词是艳科"。词是在写男女艳情这条路子上发展起来的文体。晚唐五代的《花间集》，北宋的柳永词、秦观词，以至在诗文中端庄肃穆的欧阳修、范仲淹词，都是在男女情这样的题材上创造了一番成绩。男性写闺情，虽然也能独出心裁，别具滋味，但到底与女性不同，是"造境"与"写境"的不同。男性词人模仿女性的口吻，拟取女性的视点，就如同戏曲中男扮女旦，固然也可以派生异美，到底不如女性的亲自扮演亲自抒写来得自然。李清照词中许多更细美幽微的感受，就不是男性作家把握得到的。比方"昨夜雨疏风骤，浓睡不消残酒。试问卷帘人，却道海棠依旧。知否，知否？应是绿肥红瘦"。于浓睡残酒之余，却感觉得到风雨中的花瓣飘零，这样的细腻尖新。比方"此情无计可消除，才下眉头，却上心头"，虽是化自范仲淹的"都来此事，眉间心上，无计相回避"。可是，眉头心头的一加拆解，富于动态的变幻，更能传达缠绵不尽的情致。前面又有"轻解罗裳，独上兰舟"的女性情态，和怅望流水的感叹："花自飘零水自流，一种相思，两处闲愁。"这样的层层导引，姿质天然。《凤凰台上忆吹箫》是离愁，却从否定说起，"今年瘦，非干病酒，不是悲秋"，尔后再道出"休休！这回去也，千万遍《阳关》也即难留"。这还是闺中的愁绪。《永遇乐》写"融合天气，次第无风雨""香车宝马"的元宵佳节，回忆"铺翠冠儿，捻金雪柳，簇带争济楚"的中州盛日，写出诸般繁华热闹之后，才带出"如今憔悴，风鬟雾鬓，怕见夜间出去"的晚景苍凉，却又"不如向帘儿底下，听人笑语"，这样无可排解的排解。一笔三折地把老年心境的愁思情态毕现无遗。无怪乎后人说她"能曲折尽人意，轻巧尖新，姿态百出"（王灼《碧鸡漫志》）。

134

词体之中，本有小令和慢词之分。令词篇幅短，慢词篇幅长。小令曲调较轻快，慢词曲调悠长，节奏舒缓，所以慢词最易表现感伤的情绪，很能曲尽婉转。李清照《声声慢》的著名，是因为它尽了感伤之极，是写愁绪的顶尖作品。至少有三处值得说一说。其一，它总集了如此多的感伤意象。"乍暖还寒时候""晚来风急""残酒""梧桐""黄昏""细雨"，"独自守着窗儿"的人，"雁过也"的雁，"满地黄花堆积，憔悴损"的黄花。其二，首句连用的十四个叠字，"寻寻觅觅冷冷清清凄凄惨惨戚戚"，先写动作次写环境再写心境。叠字运用在《诗经》中即有，在诗中不乏先例，但是，在词中这样大规模的连用，李清照是一个创造。其三，感叹取极端，"最难将息""最伤心""怎敌他""怎生得黑""有谁堪摘"，最后终于总结出"这次第，怎一个愁字了得"。这种无所不用其极的表现，是源自一个无（故）国无家无依的垂老妇人的深愁呵。哪一位别个作家生造得出这样的境界？

李清照一生所写并不都是愁苦之词，她自有她和美的家庭，自有她少年的青春滋味。所以词中尽有"蹴罢秋千，起来慵整纤纤手""倚门回首，却把青梅嗅"这样的少女形象，和"兴尽晚回舟，误入藕花深处。争渡，争渡，惊

135

起一滩鸥鹭"这样的风光。李清照的家世极好，公公和父亲都是高官。公公赵挺之曾拜相，父亲李格非做到京东提点刑狱，又是苏东坡的门生，文章受过苏的大力褒奖。母亲王夫人也擅长文学，所谓书香门第家学渊源，所以李清照"自少年便有诗名，才力华赡，逼近前辈"。才高气傲的李清照写有一篇《词论》，将历代词人一一加以褒贬。虽然有一点偏颇，倒也持之有据言之成理。晚唐五代李氏君臣之词是"亡国之言哀以思"；柳永是"变旧声作新声"，"虽协音律，而词语尘下"；北宋一批小词人是"时时有妙语，而破碎何足名家"；晏殊、欧阳修、苏东坡"学际天才"，"作为小歌词"就如同在大海中取一瓢水那么容易，可惜却是以诗为词，"不协音律"；王安石、曾巩"文章似西汉，若作一小歌词，则人必绝倒，不可读也"；晏几道、贺铸、秦观、黄庭坚出来，开始晓得词"别是一家"的道理，可惜，晏苦于无铺叙，贺苦于少典雅庄重，秦观注重情韵，可惜缺少典故，好像穷人家的美女，不是不漂亮，但终究缺少高贵态；黄庭坚用典太过也有毛病，"譬如良玉有瑕，价自减半矣"。举凡天下英雄，在李清照的眼中，都有破绽。文论中的是非放过不提，单是这种议论风生不让须眉的精神也让人一怀一敬。中国文学史中，几千年也

136

只有唯此一篇女性著作的文学论文。

中国历史造就这样一位女性作家，原本已是不易，居然还有人胡批乱点，说李清照之词是"闾巷荒淫之语，肆意落笔，自古缙绅之家能文妇女，未见如此无顾籍也"（王灼《碧鸡漫志》）。好像男人吟得男女，女人便吟不得似的。今天看来纯是荒唐之语。赵明诚复题李清照自画像"清丽其词，端庄其品"八字，可作盖棺定语。旁人何必在这一点妄加菲薄。真正遗憾的是，李清照的文字留存至今的太少了。存世的词有七十八首，其中三十五首又有疑问，另有诗十五首，文赋数篇。叫人不胜唏嘘。

圈点

妇道人家　在这本读书笔记里，通体上下，只有三个妇道人家。萧红、张爱玲前后只占了几十年光景，一个李清照便代理了两千年。是有些不成体统。她们的私生活，按照俗世的看法，都是很不圆满，都嫁了或者近乎嫁了两回。但是在公共生活中，李清照已经光耀了千年，萧、张光耀百年也是毫无问题的。

再婚风波　李清照与赵明诚的婚姻持续了二十八年。赵亡后第三年，四十九岁的李清照嫁张汝舟，"友凶横者十旬"。李清照提出离婚，遂遭张的殴打，"可怜刘伶之肋，难胜石勒之拳"。李

137

清照举报张为官的不法，张被编管柳州。按律，李清照也将流放两年，因为翰林学士綦崇礼的关说得以免罪，仅仅"居图圄九日"。上述引文均源自李清照致綦崇礼的书信。

唤取红巾翠袖揾英雄泪 / 辛弃疾

辛弃疾的词有性情，有境界，"宁后世龌龊小生所可拟耶？"正所谓"器大者声必闳，志高者意必远"。

"宝钗分，桃叶渡，烟柳暗南浦。怕上层楼，十日九风雨。断肠片片飞红，都无人管，更谁劝，流莺声住？鬓边觑，试把花卜归期，才簪又重数。罗帐灯昏，哽咽梦中语：是他春带愁来，春归何处，却不解，带将愁去！"

这个为飞红断肠、恼恨莺啼、用簪花卜问情人归期、在梦中幽怨的女子，何其幽婉动人。有这样纤细工笔的，有这样细腻精神的，不是温庭筠、韦庄，不是李煜，也不是柳永、晏殊，倒是那个豪气冲天的辛弃疾。

中国文学尽是文人之作，即便有壮语连篇，也难脱文人嘴脸。辛弃疾词是武人词，兀立文学丛林，独具一副面目，真正难得。不过，虽是武人词，也并不一味气昂昂雄赳赳，也有种种颜色，比方"红巾翠袖"。这原因，我想其一，词的常路为写男女情事的艳科，辛词既是词，难免要回到这条路子一试身手。其二，辛固然是英雄，英雄也不妨男女，不背人的天性；英雄总有不平时，不平时便可能在情感中找寻慰藉，"唤取红巾翠袖揾英雄泪"。但前提是，英雄，或许还有泪。但既是英雄，其儿女情长也会与常人有所不同，有自己的手眼。

"蛾儿雪柳黄金缕，笑语盈盈暗香去。众里寻他千百度，蓦然回首，那人却在，灯火阑珊处。"（《青玉案·元夕》)

元宵之夜的一次艳遇，在辛弃疾笔下，也那么清心雅致，别具怀抱，意味深长。毛晋跋稼轩词，说他"绝不作妮子态"，显然绝对了一些，但辛词的柔美也与别人不尽相同，而且这一类艳词比重极小，辛词现存六百余首中不过二十分之一。辛弃疾的第一等形象，还是他的英雄气，他的豪放。这是辛词最震撼人心处。

苏辛经常并提，但苏东坡之豪，与辛弃疾之豪，终归不同。苏之豪，是文人士大夫之豪，是清旷，洒脱，俊逸；辛之豪，是武人将军之豪，是高歌猛进，粗豪放达。台湾一位学者的苏辛论能说清他们的不同，他说："以武喻文的话，苏词如隐居深山的侠客，低吟长啸，固然超出尘外，

140

驭剑而舞，更能收发自如；辛词则如学万人敌的将军，长鞭一挥，便见千军万马，奔腾而来。"回想一下，苏东坡的赤壁即是周郎赤壁，周郎的英雄形象不过是"遥想公瑾当年，小乔初嫁了，雄姿英发，羽扇纶巾，谈笑间，樯橹灰飞烟灭"。是一战功成的士大夫，是玉树临风的文士。周瑜似乎不是辛弃疾心目中的榜样，"天下英雄谁敌手，曹、刘。生子当如孙仲谋"。辛的梦境是"金戈铁马，气吞万里如虎"；是"八百里分麾下炙，五十弦翻塞外声，沙场秋点兵"；是"马作的卢飞快，弓如霹雳弦惊。了却君王天下事，赢得生前身后名"。"的卢"是骑的马，"八百里"是吃的牛。辛词里充斥着刀光剑影，满目是硬语盘空。

与喜欢强作壮语的文人不同，辛弃疾有亲身的沙场传奇。辛二十一岁在金人占领区拉起两千人马，二十二岁投奔山东义军首领耿京。又为耿京谋划大局，"奉表归宋"，并受命南下接洽。返回时，却听说耿京被叛徒张安国谋杀。辛便自率五十骑，直闯入五万人的敌人大营，生擒张安国，振臂呼万人一同南渡。许多年后，他曾作《鹧鸪天》词回忆"少年时事"，回忆这轰轰烈烈的一幕。他不仅勇武，而且有谋略。他曾先后上《美芹十论》，上《九议》，贡献治国方略。《十论》前三篇分析金国形势，后七篇倡议南宋皇朝的应有对策。《九议》里，以刘项率吴楚子弟北上灭秦的史实，驳"吴楚之脆弱不足以争衡中原"的谬论；一方面批判"欲终世而讳兵"的失败论，一方面反对"欲明日而驱斗"的速胜论，大可以为毛泽东《论持久战》之先声。他不仅有谋略，又有切实的执行能力。他几次出任地方大员，有灭寇之功和治郡之实效，而且在湖南亲手训练组建了一支"飞虎军"。三十年内，飞虎军一直是南宋国防军的一支劲旅，被金人称作"虎儿军"，可以为曾国藩练湘军之先声。朱熹称辛弃疾可以"股肱王室，经纶天下"。同时代的大词人陈亮说他"足以荷载四周之重"。宋亡以后的谢枋得干脆说："公（辛）精忠大义，不在张忠献（浚）、岳武穆下……使公生于艺祖（大祖）、太宗时，必旬日取宰相。"与通常以经济之才自诩的文人不同，辛弃疾有足够充分的理由狂放傲世，有足够多的资格在词里说"不恨古人吾不见，恨古人不见吾狂耳!"辛的门人范开说他"果何意于歌词哉？直陶写之具耳"，长短句在他不过是载胸中气象的工具罢了。所以，他的词有性情，有境界，"宁后世龌龊小生所可拟耶?"（王国维语）难道后代卑琐的小书生学得来么？所谓"器大者声必闳，志高者意必远"（范开语）。学辛词，从文字上是学不来的，只有去追逐稼轩老生的精神，或者还有可能。

辛弃疾虽"慷慨有大略"，但平生不得展其长，所以傲世一变至于愤世，多慷慨悲歌之作。从"道男儿，到死心如铁。看试手，补天裂"，到"老大那堪说""可怜白发生"；从"将军百战声名裂。向河梁，回头万里，故人长绝。易水萧萧西风冷，满座衣冠似雪。正壮士，悲歌未彻"，到"长恨复长恨，裁作短歌行。何人为我楚舞，听我楚狂声"；从"江南游子把吴钩看了，栏干拍遍，无人会，登临意"，到"凭谁问，廉颇老矣，尚能饭否"，都是最为我们熟悉的，是沉郁苍凉之作，是英雄挥泪之作。

又有挥泪已定之作。是"而今识尽愁滋味"，"却道：天凉好个秋"的欲说还休，是"却将万字平戎策，换得东家种树书"，是"醉里且贪欢笑，要愁那得工夫？近来始觉古人书，信着全无是处"。所有的辛酸、愁苦、无奈、欲说还休，都从曾经沧海后的淡语中不绝地渗出来。

人的心思向高处大处走过，再回过头来看世间万物，便无处不可以放下精神。境界大也罢，境界小也罢，总是自成格局。所以辛词，又有诸般无泪之作。看稼轩写山林："老合投闲，天教多事，检校长身十万松"，"争先见面重重，看爽气朝来三数峰。似谢家子弟，衣冠磊落；相如庭户，车骑雍容。我觉其间，雄深雅健，如对文章太史公"。青松，成了十万军汉；山峰，如谢家子弟、相如车骑、太史公，是说山的潇洒、巍然、博大。比喻之新奇，前所未有。比喻之切题，又是辛的本色英雄行当。《清平乐·村居》又是一种精神。篇幅小，可以全部抄录："茅檐低小，溪上青青草。醉里吴音相媚好，白发谁家翁媪？大儿锄豆溪东，中儿正织鸡笼。最喜小儿无赖，溪头卧剥莲蓬。"一对白发老人醉中戏语，三个孩子各自西东，最小的最顽皮也最生动。一副乡居风情，是稼轩老人居稼轩的收获。

　　辛弃疾是武人，却不是武夫，亦是读书万卷之人，是以"功名必显真儒事"（辛词）真儒自许的人。所以在辛词中，不仅刀兵之辞用得多，书卷旧语也用得多。而且，不论经史百家，拉来便用，大致是能够活学活用，凭着豪气驭典排兵，自成体统。比方《贺新郎》一口气用了五个送别典故。比方《永遇乐·京口北固亭怀古》连用七典：孙权迁都，刘裕北伐，霍去病"封狼居胥"，王玄谟伐北魏大败，北魏拓跋焘反击王玄谟至长江北岸，建"佛狸祠"，廉颇晚年"一饭斗米"仍不得重用，"金戈铁马"一语又出自五代后唐李袭吉《谕梁书》。这都属于"乃如禅宗棒喝，头头皆是""一经运用，便得风流"的范畴，气韵意脉尚能将典故笼罩得住。但有的时候，典故堆垒得多了，又没有练成一旅精兵，就凝滞不堪了。

辛弃疾又有纯是议论之词，又有全集古书成句之词，都是要我们抱着工具书读，并且要当作文章来读了。所以读辛词，不必终其全部。读书须读经典，读经典亦须读精编。不为做学问，不必读全集稼轩词。

圈点

杀戮出身　写豪放诗词，是文人传统。到过边塞的高适岑参不说，即是飘逸如李白纤弱如李贺，也在诗中大举豪放。但是杀戮场出身的辛弃疾式豪放，来得却是底气十足。

祝英台近　"宝钗分，桃叶渡"云云的词牌是"祝英台近"。词牌的来历就是俗知的梁山伯祝英台故事。这个词牌，始见于《东坡乐府》，后人有根据辛弃疾词将词牌改为"宝钗分"的。

诗之大宗 / 陆游

> 陆游的七绝，被称为"诗之正声"，七古被称为
> "意在笔先，力透纸背"，七律"当时无与比埒"。七律
> 中写山水闲情的，被称为"和平粹美"。

宋，是中国历代王朝中国运最长久的一朝，南北宋加在一起，有三百二十余年。以经济的发达论，也是最鼎盛的一朝，北宋已超过大唐，南宋则又强过北宋。但是国势——具体的该说是军事实力之羸弱也是第一等的一朝。版图面积是历代奉为正朔的帝国中最局促的，南宋不用说了，北宋也是大失汉唐故地。故代中国领有的土地，一部分为吐蕃统治，一部分由地方政府而后独立的西夏占据，一部分为早先的辽帝国和其后的金帝国所领有，其余的才是宋的版图。而且，自建朝立国以来，宋不断地受到各方特别是辽、金的军事压迫。大宋并非不想恢复，但是不战则已战则必败战则必溃战则必丧土辱国。这便是我们从历史上看到的实绩。虽然在个别战役上，宋也有胜绩，比方北宋王安石当政时启用王韶为甘肃方面的军区司令，两年

之间收回吐蕃占领二百余年的二十万平方公里的土地。比方南宋岳飞大败金的完颜兀术，兵锋距开封仅二十余公里。但在总的军事态势上，宋始终是软弱的一方。可见，经济上的实力未必就能化为军事上的实力。南宋两次著名的北伐，一次是1163年张浚领导，大败于安徽符离；一次是1206年权臣韩侂胄发动，三路大军齐溃，金军反击直到长江北岸。陆游因张浚之败，平生第一次被罢官，罪名是"鼓吹是非，力说张浚用兵"；韩侂胄的失败，则使辛弃疾受到攻击，虽然老迈的主战派辛弃疾在北伐前已被免官。陆游也受到非议，因为他站在了韩侂胄一方，而韩不仅是权臣，而且是道学家眼中的小人。虽然，陆游在韩的事业中，所担任的工作仅仅是修撰孝宗、光宗两朝实录。

陆游，终其一生是个坚定不移的主战派。刘克庄在《后村诗话续集》中，说陆游"其激昂慷慨，稼轩不能过"。文人出身的陆游，在其作品中表现出来的悲壮的爱国情怀，比武人出身的辛弃疾，还要激浪澎湃，滔滔不息。直到他临终，还留下"王师北定中原日，家祭无忘告乃翁"这样念念不忘的名句。虽然，这是一个永远无法得圆的大梦，却始终是陆游文学中的一大精神主脉。清人赵翼统计过陆游的纪梦诗，有九十九首之多。那其中的梦想，尽是收复国土再出现一个偌大中国的辉煌景象。是"群阴伏，太阳升。胡无人，宋中兴"（《胡无人》），是"凉州儿女满高楼，梳头已学京都样"。后者的诗题有近五十字之长：《五月十一日夜且半梦从大驾亲征尽复汉唐故地见城邑人物繁丽云西凉府也喜甚马上作长句未终篇而觉乃足成之》。可以想见陆游曾无数次在午夜梦回中，畅想河山一统的胜利荣光和幸福欢乐。

不仅在陆游心中，在整个南宋的士大夫阶级中，靖康年国朝被毁、两位皇帝被掳的耻辱，都是难以磨灭的。不过这烙印在陆游的思想中尤为坚固，这烙印激发的理想尤为激荡。"楚虽三户能亡秦，岂有堂堂中国空无人"，这是陆游心中放不下的念想，早年他就曾因"喜论恢复"而被秦桧从进士榜中除名。（另一原因是陆游之名排在了第二位的秦桧孙秦埙之前）但他矢志不改，其诗集中充溢着"逆胡未灭心未平，孤剑床头铿有声""遗民忍死望恢复，几处今宵垂泪痕""百斤长刀两石弓，饱将两耳听秋风""夜阑卧听风吹雨，铁马冰河入梦来"这样的豪壮，"起倾斗酒歌出塞，弹压胸中十万兵""塞上长城空自许，镜中衰鬓已先斑"这样的悲怆。梁启超对陆游的总结是"集中十九从军乐，亘古男儿一放翁"。

陆游真正从军着戎装出入关塞的军旅生涯不过半年左右。其时，他在川陕宣抚司王炎的幕府中，王炎很快便被朝廷内调，陆游也离开了陕西前线的部队。但这一段生活为他的诗歌提供了足够充分的精神意象。陆游把他的文集题为《渭南文集》即是纪念这一段时光。他的诗集题为《剑南诗歌》，则是纪念他其后在四川的八年时光。川陕时期，是陆游创作的成熟和巅峰时期。成熟的不仅有他的慷慨之作，也有他的闲适恬淡之作，后者是陆游诗另一大意脉，细腻勾画日常的生活和眼前的风景。陆游兼擅各种诗体，他的七绝，被称为"诗之正声"；七古被称为"意在笔先，力透纸背"；七律最为人推崇，"当时无与比埒"。七律中写山水风物闲情逸致的，被称为"和平粹美"，与"深厚悲壮"的另类相对应。最著名的一篇，是《游山西村》，诗中著名的一联是"山重水复疑无路，柳暗花明又一村"。句中描摹的意境，并不是陆游最先的发现，前人有许多类似的诗文。比方王维的"遥爱云木秀，初疑路不同；安知清流转，偶与前山通"，柳宗元的"舟行若穷，忽又无际"，王安石的名句"青山缭绕疑无路，忽见千帆隐映来"，强彦文的诗"远山初见疑无路，曲径徐行渐有村"。陆游虽然化用了前人的意绪，但表达上更工整更婉丽更明秀，而且，前人的句子着眼于写景，陆游的句子由于更精炼，更蕴含了人生的况味和哲理，可以说，是将这个题目作了一个完美的终结，再没有什么余地供旁人咏叹发挥了。后人林思慕赞扬陆游"文章翰墨，凌跨前辈，为一世标准"，这几句评语，用在上述一联的创造上，也很恰当。

陆游以七律著称。七律重在对仗，陆游即在对偶句上有绝好表现，以至南宋刘克庄说"古人好对偶被放翁用尽"。陆游的成功在对仗上，不成功也在对仗上，往往有佳句无佳篇。律诗的创作，经常是先得一二联工整俊美的句子，再添头续尾，凑成一篇，何其凑也。律诗的构成，先天就藏着这种毛病，陆游在七律上用力多，毛病也表现得更多一点。而且，陆游章法句法雷同多，如钱锺书先生所说："几乎自作应声之虫"，常常把好的意绪反复使用，以至于"令人生憎"（赵翼）的地步。陆游诗存留到今天的有九千三百多首，创造了历代诗作的最高纪录，一个令人瞠目也令人望而疲倦的纪录。因为诗作的繁多，繁复杂错的就多，但因其多，其佳作也是不少，包括有佳句亦成佳篇的。

录一篇《临安春雨初霁》："世味年来薄似纱，谁令骑马客京华。小楼一夜听春雨，深巷明朝卖杏花。矮纸斜行闲作草，晴窗细乳戏分茶。素衣莫起风尘叹，犹及清明可到家。""小楼"两句亦是陆游的佳联。"卖杏花""闲作草""戏分茶"写的是当时杭州的风物和文人的闲情逸态。"素衣"两句，于无聊中透出无奈和不甘。这种细腻和冲淡与陆游的壮怀激烈浪漫高蹈，真是判若两人。要知道，陆游在当时就有"小太白"之称。人便是这样多面的复合体吧。陆游早年一大恨事，是迫于母命与结发妻子唐婉的分手，他不仅有"红酥手，黄滕酒，满城春色宫墙柳"的《钗头凤》词，叹"莫，莫，莫""错，错，错"，而且，于七十五岁高龄又写下"梦断香销四十年，沈园柳老不飞绵"情意绵绵的《沈园》诗二首。儿女情长至于此的陆游，又是一个侧面。

以个人的嗜好来说，我很主张放陆游的诗过去，宁愿读他的日记长篇《入蜀记》，和他编撰的笔记小品集《老学庵笔记》。可是在史学角度，遗漏一个诗人陆游，会造成一大空白地带。毕竟，陆游是南宋诗之大宗，在数量与质量上，都轻视不得。

圈点

大户人家　在诗歌一门，陆游实在是大户人家。九千多首的

151

成绩单，只有乾隆皇帝强过他。不过陆游的创作显然不会有人代为"御制"。在词体强盛的宋代，陆游仍然以诗体为本。他的七绝，被称为"诗之正声"；七古，被称为"意在笔先，力透纸背"；七律最为人推崇，"当时无与比埒"。

女权主义与元杂剧 / 关汉卿

> 《单刀会》里化用了孔子语录、杜牧诗、苏轼的词和文。关汉卿是要俗能俗，要雅能雅，明代人说他"观其词语，乃可上可下之才"。

《西厢记》是元代文学的最高成就。它讲述了一个偷情的故事，用中国式的说法叫私订终身的故事。书生张君瑞和相国小姐崔莺莺的偷情生活大概只有一个月左右的长度，因为此后便转入了与正式婚姻有关的阶段，但是在另一部元代爱情剧《墙头马上》里面，一对情人的偷情生活延续了七年之久。因为等不及裴少俊要经过科举得官再来求娶的可能的漫长过程，李千金选择了私奔。两人在裴家后花园不仅隐秘地生活了七年，而且生儿育女。与张生和崔莺莺偷情之前的几番周折不同，裴公子与李小姐是一见钟情，有些类似西方爱情故事。与西方爱情故事不同的是，中国情人是通过互相赠诗确立感情的；与西方爱情故事更加不同的是，中国情人们的最终理想结局，是男方终究参加了文官考试并获得好成绩，通常是第一名的状元，次一等的榜眼（第二名）或探花（第三名），于是"有情的终成"了社会（通常指的是父亲）认可的"眷属"。李裴两位的私婚被裴尚书发现后被迫解散，裴公子甚至被迫写出休书。愤怒的李千金表示不再承认丈夫。最后的大团圆来自裴公子高中状元，和裴尚书携孙儿孙女向儿媳赔不是，终于皆大欢喜。

与崔莺莺的腼腆和心是口非的迂回不同，李千金极其泼辣和有主见。一开始她就主动约裴少俊幽会，并当夜就随裴私奔。与崔莺莺有红娘可以依赖来推动爱情不同，李千金甚至要通过威吓她的嬷嬷来掩护私情。她是集莺莺与红娘于一身来追求爱情的。所以出场时她便有这样的唱词："我若招得个风流女婿，怎肯教费工夫学画远山眉。宁可教银缸高照，锦帐低垂，菡萏花深鸳并宿，梧桐枝隐凤双栖。这千金良夜，一刻春宵，谁管我衾单枕独更长，则这半床锦褥枉呼做鸳鸯被。"如此坦白情欲的语言，虽与她大家闺秀的身份不符，却洋溢着浓烈的平民趣味和人性力量，也体现了元杂剧"本色派"通俗、质朴、真率的语言追求，与"文采派"的《西厢记》不同。但是，白朴的另一名作，写唐明皇李隆基和妃子杨玉环爱情故事的《梧桐雨》，则切合人物及其心理的典雅华美，尤其是其中的第四折，写明皇在"秋夜梧桐雨"中追思贵妃，与马致远《汉宫秋》中写汉元帝在孤雁鸣叫的秋夜梦会王昭君的第四折，同样地情景相融语境相谐。

《西厢记》中有三个主角，张生、莺莺、红娘。红娘是其中最活跃的"西厢"人物，却不是西厢爱情的当事人。这个活泼的婢女推动爱情，本身却没有爱情。这一有待发展的戏剧动机，在关汉卿的《调风月》一剧中得以发展和完成。

《诈妮子调风月》是写婢女的爱情。侍女燕燕爱上了一个小千户，也得到了回应甚至婚姻承诺。不幸的是，小千户又爱上了莺莺小姐。更不幸的是，燕燕还受女主人之托去替情敌说亲。她不得不做这个不尴不尬的风月媒人，不得不做这个不情不愿的红娘，"说得他美，甘甘枕头儿上双成，闪得我薄设设被窝儿里冷"。她只有私下里毁了小千户与莺莺小姐的信物以泄愤，只好独自在灯下自吁自叹，比喻自己为投火的飞蛾。"好轻乞列薄命，热忽剌姻缘，短古取恩情。哎，蛾儿，俺两个有比喻……我为那包弹白身，你为这灯火清荧。哎，蛾儿，俺两个大刚来不省!"全剧细致生动有层次地写出了一个初恋少女的心理变化，写出了她的性情血肉。燕燕终于大闹婚礼，迫使小千户兑现诺言，继莺莺之后与小千户缔结婚姻。这又是一个中国式的结局，是一出风趣的中国喜剧，可能是关汉卿最好的言情剧，虽然被列为元代四大爱情剧的是他的另一部写小姐爱情的《拜月亭》。《拜月亭》以四折这样短的篇幅写了两对情人的离散聚合，不够展开，到了南戏的无名氏《拜月亭》发展到二十三折，情节和人物都更丰满和成熟，细节更生动，抒情更委婉，剧情更见波澜，曲、白更相得益彰。相形之下，作为北方戏剧（北曲）的关氏《拜月亭》尚是才情之作。而且，关的《拜月亭》同《调风月》一样，今天只存曲文不见宾白。

杂剧是元曲中的"剧曲"（对应"散曲"），剧曲以曲（唱词）为主，以白（说白）为次为宾，所以说白称"宾白"。主要人物唱曲，次要人物念"宾白"。宾白是比较受轻视的。明人臧晋叔甚至说"杂剧作者所自作，仅有曲辞，其宾白，则演剧时伶人自为之"。说得极端了一些。宾白被忽略以至残缺了，那么人物形象就不齐全了。

关汉卿平生创作了六十三个剧本，留存至今的有十八个，曲白俱全的有十二个，幸而代表作《窦娥冤》《单刀会》《救风尘》《望江亭》都在曲白俱全之列。

《窦娥冤》是一出呼天抢地的大悲之戏，《单刀会》是一出豪气冲天的正大之剧，《救风尘》和《望江亭》则是妙趣横生的风俗喜剧。窦娥是集人间悲惨于一身的小女子，三岁丧母，七岁离父，十七岁死了丈夫，被两个无赖逼嫁，却被一个昏官推上断头台。单刀赴会的关公则是集天地英气正气于一身的大英雄。《救风尘》《望江亭》中的赵盼儿、谭记儿不过是风尘中的妓女、再嫁的寡妇。这样反差强烈的戏剧题材和样式，这样各不相干的人物形象，却能够在一个人的头脑中和一支妙笔之下缔造出来，鲜亮登场，悦耳娱目，惊心动魄。在辉煌的名家辈出、名剧辈出的大元戏剧时代，也只有关汉卿一人做得到。

既然这些不一样均出自关汉卿一人之手，那么其中必有一种统一，那就是邪不压正正义必胜的英雄主义。关公是英雄，窦娥何尝不是英雄，赵盼儿、谭记儿何尝不是英雄，女流英雄，风尘英雄。人间有不平，世间有不公，便需要英雄来填不平来讨公道。窦娥以死践誓，临终前的三桩大愿：鲜血不落尘土，三伏天大雪，三年大旱，桩桩成真。赵盼儿要救人（她的朋友宋引章），谭记儿要自救（她本人和她的丈夫）。赵盼儿要对付的是个花花公子（宋引章的恶魔丈夫周舍），谭记儿要对付的是花花公子兼高官杨衙内。两个恶男人都是好色之徒，她们便诱之以色，绳之以计谋，骗来了周舍的休书（宋引章可以脱离苦海），骗走了杨衙内的御剑、金牌和文书（谭的丈夫可以得平安）。英雄所以成立，不仅在目的之达到，更在于她们的必胜信念不屈精神，还在于她们的聪明机智勇敢，还在于她们的深刻和彻底觉悟，把世故端详得仔细，把人情看得分明。窦娥在刑场上有一段著名的控诉："为善的，受贫穷更命短，造恶的，享富贵又寿延。天地也做得个怕硬欺软，却原来也这般顺水推船。地也，你不分好歹何为地，天也，你错勘贤愚枉做天!"这是痛彻之深；赵盼儿有一段忠告宋引章："你道这子弟情肠甜似蜜，但要到他家里，多天半载周年相弃掷。早努牙突嘴，拳椎脚踢，打得你哭啼啼。"这是世故之明；谭记儿有一段表白安慰丈夫："你道他是花花太岁，要强迫我步步相随。我可怕甚么天翻地覆，就顺着他雨约云期。这桩事你只睁眼儿觑着，看怎生的发付他赖滑顽皮。"这是正气在握和成竹在胸的自信精神。说到关汉卿的豪爽剧，绝不止一出《关大王独赴单刀会》。关汉卿同样将豪爽之气点滴不漏地托付于他的女英雄们。上述之外，还有《金线池》的杜蕊、《谢天香》的谢天香、《调风月》的燕燕、《拜月亭》中的王瑞兰，这样一批个性不同但是都聪明伶俐、心高气傲、不让须眉的女性精英。如

158

果"女权主义"说的是站在女性的立场上为她们说话，表达她们的爱恨情仇，那么关汉卿可以算作一个女权主义作家。

对戏剧来说，情节人物都依靠台词来呈示。对杂剧来说，就是曲词和宾白。关汉卿的锻炼台词功夫被归入"本色派"。本色即是切合人物个性，切合舞台表演，不强求词藻华丽。本色更贴近生活，所以更通俗更平易流畅，但也不乏华词隽语，这都取决于戏剧人物。窦娥台词中有对鬼神天地的凄厉诅咒，也有对婆婆体贴关心的叮咛，均不脱她的身份和个性。赵盼儿可以面对周舍指责她违背咒誓，脱口道："遍花街请到倡家女，那一个不对着明香宝烛，那一个不指着皇天后土，那一个不赌着鬼戮神诛，若信这咒言，早死的绝门户。"这是以骗止骗的风尘本色。

关公则是硬语盘空、壮语满腔。《单刀会》里化用了孔子的语录、杜牧的诗、苏轼的词和散文。关汉卿是要俗能俗，要雅能雅，到了雅俗兼备的境界，明代人说他"观其词语，乃可上可下之才"，虽是贬词，但理解成肯定，也未尝不可以。

关汉卿是元代戏剧第一家，《西厢记》是元代第一杰作。因为王实甫有许多借鉴可用，关汉卿则多是"一空倚傍，自铸伟词"。王实甫除《西厢》之外，无杰作，关汉卿则杰作纷纷，在创作总量上居元代第一。

元代戏剧除关汉卿、白朴、王实甫、马致远的杰作以外，有必要留意众多的水浒戏。从现有的存目看，水浒戏有三十余种，其中以黑旋风李逵为主角的就占一半，所以元代"黑旋风杂剧"是要专列的一大类，高文秀的《双献头》和康进之的《李逵负荆》是这一类的双璧。纪君祥的《赵氏孤儿大报仇》也是极其著名的，并且流传至欧洲，曾被法国的伏尔泰改编成歌剧《赵氏孤儿》，并注明"五幕孔子的伦理剧"。《窦娥冤》在一百多年前也早有拔尊的法文译本。

元代杂剧的重要当然不在于对西方的影响，它的巨大成就，最重要的是动摇了近两千年来中国文学以诗歌为主（散文是次之的体式）的文学传统和文学体系，开始了和创造了新型的主流文学。从元一代始，至明、清，诗歌的文学成就再也无法同戏剧、小说的成就来抗衡了。雅文学让位于俗文学，俗文学渐次成为正宗的主流文学。

圈点

　　数字关汉卿　关汉卿现存剧本十八种，其中四种存疑，分别为《鲁斋郎》《单鞭夺槊》《裴度还带》《五侯宴》。三种悲剧：《窦娥冤》《哭存孝》《西蜀梦》；五种正剧，十种喜剧。《窦娥冤》中四十一支曲，除楔子一支曲为窦天章说唱，四十支曲都是窦娥所唱。明代朱权《太和正音谱》排关汉卿为第十，王国维则以为是"元人第一"。

蝴蝶梦　包公在公堂上伏案做了一个梦，小蝴蝶落入蛛网，大蝴蝶一救再救三不救。昭示了"三番继母弃亲儿"，王婆宁愿牺牲亲子老三，保护养子的老大老二一段公案。钱府尹要错判公案落笔写"斩"，一只苍蝇缕缕抱住笔尖，钱府尹发狠把苍蝇装进笔筒，苍蝇竟然爆裂笔管，再飞出来抱住笔尖。钱府尹悚然而惊，"这小的必然冤枉"。蝴蝶现身关剧《蝴蝶梦》，苍蝇现身《四春园》。

千般焙炼一种风情 / 《西厢记》

《会真记》写于九世纪，王《西厢》作于十四世纪，近五百年的焙炼，才有一部完美的《西厢》，歌唱着"愿天下有情的都成了眷属"。

元稹是白居易最要好的文学同志，同是"新乐府"运动的发起人和通俗诗派的代表。但是，在诗歌实践中，元稹的表现却不那么令人满意。无论是社会性的讽喻诗，还是个人感伤性的长篇排律，他的艺术水准都较白居易差了一个半个等级。为他制造名气的是他的言情诗。他的艳丽小诗不仅在民间流传，而且被宫廷内传唱，令他有"元才子"的称号。最令我们感动的是他的悼亡诗，在《元氏长庆集》中有一卷之多。其中《遣悲怀三首》最缠绵哀婉，之一云："谢公最小偏怜女，自嫁黔娄百事乖。顾我无衣搜荩箧，泥他沽酒拔金钗。野蔬充膳甘长藿，落叶添薪仰古槐。今日俸钱过十万，与君营奠复营斋。"此诗伤悼的是他第一位夫人韦氏。韦夫人与元稹共度他未入官场前的艰难岁月，是一位东方色彩的糟糠之妻，但是富才思。第二位元夫人裴柔之，也是同样的聪明能诗文。但是在元稹心目中最萦怀不去的，恐怕还是崔莺莺小姐。他写有一篇三千字的散文《会真记》，记述一位张生与崔莺莺的爱情奇遇。张生有一首《会真诗》抒写自己的艳情，元稹于是和了一篇《续会真诗》。实际上，《续会真诗》就是《会真诗》，因为张生就是元稹本人，旁人及后人找到了许多证据证实了这一点。元稹的许多诗行中有西厢情怀，《春晓》是其中一首，诗云："半欲天明半未明，醉闻花气睡闻莺。猧儿撼起钟声动，二十年来晓寺情。"

元稹由此为中国文学史作出了一份巨大的贡献，向言情经典《西厢记》提供了最原始的蓝本。

《莺莺传》之后，宋代的秦观、毛滂用《调笑令》、赵令畤用《商调·蝶恋花》鼓子词，都歌咏过崔张故事，但在内容上基本没有发展。以赵的鼓子词为例，赵只是将元稹的散文截为十章，每章之下，配合以唱词。词只是对本章情节发一点感慨咏叹，创作表演的重心都在曲词的"唱"上，散文故事是"说"出来的，只是唱的背景资料，所以鼓子词对故事没有贡献。金代董解元的《诸宫调西厢记》则猛进了一大步。

《莺莺传》三千余字，董《西厢》则扩充至五万余字。

人物、情节都发展得很充分了。

"诸宫调"的"诸"字，是指用了多种曲调来联合咏唱一个故事。《诸宫调西厢记》用了十四种宫调的一百九十三套组曲。诸宫调相传是北宋民间艺人孔三传所创。在他之前的一般说唱，都限止在一种宫调之内，有人打破了这种限制，逐渐吸收了唐宋词、唐宋大曲，宋初赚词的"缠令"和当时流行的俗曲，组成套曲，用多种宫调演唱。孔三传是最早说唱"诸宫调"的著名艺人，这份发明创造的荣誉，便归在他名下了。"诸宫调"产生于北方，随宋室南渡，也传到了南方，所以有南北"诸宫调"之分。南调以笛子伴奏，北调则是琵琶和筝。董《西厢》是北诸宫调，所以又称《西厢挡弹词》或《弦索西厢》。

王实甫的《西厢记》承袭《弦索西厢》，是对这个经典故事的总结和完成。王《西厢》曲文之美是众所周知的，读起来余香满口。但是在《弦索西厢》里已经有许多甚至更美更入情入理的曲文。如《长亭送别》一折，董词是"莫道男儿心如铁，君不见满川红叶，尽是离人眼中血"；王词是"晓来谁染霜林醉，总是离人泪"。霜林是红色的，"血"自然比"泪"更贴切也更有力些。董词有"且休上马，苦无多泪与君垂，此际情绪你争知"；王词是"阁泪汪汪不敢垂，恐怕人知"，欲哭无泪，要比不敢落泪深刻得多。不过，就全本而言，王《西厢》还是更工稳华丽一些。故事的情节，董《西厢》也都完成了，但是有些枝蔓，张生两度自杀两度做梦，厮杀场面过重、过长。王《西厢》有删减，也有增加，尤其是增加了红娘的戏分。红娘在董《西厢》尚不够活跃，在王《西厢》中成了戏胆。王《西厢》还有统一之功，将人物的言行为性格完全统一，比方董《西厢》中，张生赶考不是因老夫人的逼迫，是张生本人原有的生活计划，不得不行；张生听说郑恒骗婚，忽而要自杀，忽而又不忍：与故相之子"争一妇人，似涉非礼"；莺莺又曾骂张生"淫滥如猪狗"。这些情节和细节均大失分寸，有悖人物身份性格。当然，最根本的区别，王《西厢》是代言体杂剧，董《西厢》是叙述体，人物说话前还缀着"道"的提示。人物说话是叙述者（演唱者）叙述出来的说话，到底不是戏剧。

《西厢》一剧十来个人物，人人都对西厢爱情有所贡献，长老法本、莽和尚惠明（《弦索西厢》的法聪）、白马将军都放过不必说，叛乱将军孙飞虎也有贡献，正因为他的叛乱和抢劫，才为崔张的姻缘提供了大好机会；老夫人固然是爱情敌人，也有贡献，恰因为"赖婚"之后允诺张生搬入居住，才为张生与莺莺小姐的最终合好创造了实地环境。张生、莺莺、红娘是主要当事人，他们交错推动着爱情的进程。张生对莺莺一见钟情，口不择言，首先遭到红娘的抢白；张生吟诗，莺莺隔墙唱和；老夫人赖婚之后，红娘便是最积极的爱情推动者；莺莺先是酬简与张生相约，然后又"赖简"批判张生；张生于绝望中染病。山穷水尽之时，莺莺又来赴约，成为爱情的最终完成者。在崔张爱情历程中，每当无力发展时，便有人有事来推动，每当爱情将趋合好时，又会有人有事来打断。于是，这出戏波澜起伏，迂回曲折，煞是好看。

《西厢》的故事并不复杂，能够成为一大经典，关键是全剧能够深入体察把握人物心理，特别是莺莺的感情脉络变化。由此将内在心理冲突与外在事件冲突结合起来，制造了有力的戏剧冲突和戏剧情境，由此才达至不朽。

作为言情经典的《西厢》，其影响力贯穿此后的中国人文历史，至少成为《牡丹亭》中杜丽娘、柳梦梅和《红楼梦》中贾宝玉、林黛玉的爱情参考范本。宝黛不留神之间就会把"西厢"中的美文当作语录使用起来。

在《西厢》创作体系中，还有宋官本杂剧《莺莺六幺》、金院本《红娘子》、南戏《张珙西厢记》，可惜，至今已经看不到除题目之外的全貌了。

《会真记》，写于公元九世纪，王《西厢》作于公元十四世纪，经过近五百年的许多次焙炼，才有一部完美的《西厢》，歌唱着"愿天下有情的都成了眷属"。

圈点

西厢青花　西厢的首席人物原本是张珙。但是演剧中，无论是京昆等国字戏曲还是所谓地方戏曲中，张生都要排到老三去。红娘抢了第一，莺莺占了第二。明刊本的《西厢记》有六十种，清刊本有一百种。明刊本中就配有精美插图，其中还有唐寅、仇英、陈洪绶等大手笔。英国商人寻求瓷器上有爱情图绘，所以万历年间的景德镇工匠就拷贝了西厢插图。青花瓷把西厢故事远渡至欧洲和北美。

文战不利　从《莺莺传》来看，崔张终弃之的原因并非老夫人，张生的科举不利当是缘由之一。"明年，文战不胜，遂止于京师。"后人考据元稹的经历，二十三岁未中试，二十四岁中了书判第四等，授校书郎，同年娶韦氏。《莺莺传》说后岁崔已委身于人，张亦有所娶，正是同一年。元稹二十八岁那年应特招的"才识兼茂、明于体用科"，取了十八人，元稹是第一，总算是中了状元。

续《西厢记》 金圣叹批点本《西厢记》（第六才子书）称十六折之后四折不知为何人所为。明末凌濛初刻本以为，前十六折为王实甫"正本"，后四折为关汉卿"续本"。之前的徐复祚《曲论》更是言之凿凿："《西厢》后四出，定为关汉卿所补，其笔力迥出二手……且《西厢》之妙，正在于草桥一梦，似假疑真，乍离乍合，情尽而意无穷，何必金榜题名、洞房花烛而后乃愉快也？"

谁家的散曲 / 《全元散曲简编》

> 后期元曲以曾瑞为第一言情高手。不乏"得遇知心，私情机密，有风声我怕谁""会云雨风也教休透，闲是非屁也似休傲"这样的辣曲。

《全唐诗》是清康熙时彭定求等编纂，出版于十八世纪初。《全宋词》是今人唐圭璋先生编纂的，初版于民国时期的 1940 年，二版修订于 1965 年，三版续订于 1979 年。《全元散曲》则是今人隋树森先生编纂，初版于 1964 年。就规模而言，《全唐诗》收诗人二千二百余人，收诗四万八千九百余首；《全宋词》收词人一千三百三十余家，词作一万九千九百余首，残篇五百三十余首；《全元散曲》则收作家二百十三人，无名氏若干人，小令收三千八百三十五首，散套四百五十七篇，规模小多了。不过唐有二百七十六年历史，宋亦有三百二十年，元一代不过八十七年。这算是一个理由。而且，即使这样一个规模，对于普通的读者，《全元散曲》也很可观了。比较理想的读本是隋先生另行编订的《全元散曲简编》，收小令一千零八十首，散套一百二十四

169

篇。从这里已经足以一览元人散曲的风貌。《全唐诗》《全宋词》亦只是研究者的资料库，不是正常的阅读文本。

在中国，元曲虽然也是一代里程碑式的诗体，但其阅读率绝对地比唐诗、宋词要低得多。造成这种情形的原因，一部分在元曲本身的创作实绩，一部分在元曲的传播流程中所遭受的歧视和干扰。元曲很少有专门的创作家，它的创作集团，部分是官宦阶级，部分是杂剧作家，散曲或是他们的业余制作，或是附带创作。由是，就很少有专门的散曲个人专集出来。元后期散曲作家张可久（字小山）算是专业化最强的一个，全力创作散曲，著有《今乐府》《苏堤渔唱》《吴盐》《新乐府》四种，近人辑为《小山乐府》六卷，收小令七百五十一首，套数七套，是元曲第一高产作家。与他同期的作家，成绩比较接近的是乔吉，有《梦符散曲》，收小令二百零九首，套数十一套。前期作家，作品存量最多的是马致远，后人为他辑过一本《东篱乐府》，收小令一百零四首，套数十七套。

马致远的《天净沙·秋思》是元曲中传播率最惊人的一篇，受过文字启蒙教育的中国人大致都熟悉它。"枯藤老树昏鸦，小桥流水人家，古道西风瘦马。夕阳西下，断肠人在天涯。"确如王国维先生所说，"深得唐人绝句妙境"。

它更类似诗中的绝句，与元曲流溢鲜活泼辣的口语、常添加额外衬字等质朴的民间风格，已经有所不同。关于《秋思》的著作权还有一点争议，元代盛如梓在其《庶斋老学丛谈》中说《秋思》是无名氏"沙漠小词"三阕之一；同是元代的周德清则在《中原音韵》中肯定是马致远所作，并誉为"秋思之祖"。放过这篇有一点小小疑问的短章不说，马致远还有许多杰出的曲作，他另有一首《秋思》，不过采用的曲牌是《双调·夜行船》，上引的《秋思》用的是《越调》，是一篇小令。《夜行船·秋思》则是一篇套曲，用同一宫调的六支曲子连缀而成，洋洋洒洒地抒写隐逸山林、诗酒啸傲的情趣，嘲弄名利纷争的无聊。其中第六支曲文最精彩最为人传诵。"蛩吟罢一觉才宁贴，鸡鸣时万事无休歇，何年是彻！看密匝匝蚁排兵，乱纷纷蜂酿蜜，急攘攘蝇争血。"与名利场这种可憎可厌画面相对应的，则是一派悠然怡人的金秋妙境："裴公绿野堂，陶令白莲社。爱秋来时那些：和露摘黄花，带霜烹紫蟹，煮酒烧红叶。想人生有限杯，浑几个重阳节。人问我，顽童记者：便北海探吾来，道东篱醉了也！"北海乃孔家子孙，东汉孔融。"东篱"是马致远的号，他是陶渊明的崇拜者。上面的篇章虽好，还尽是文人嘴脸，马致远还有一篇《般涉调·耍孩儿·

171

借马》，写一个爱马若狂的乡农，纯用这个吝啬者的口吻，写他不肯借马出去又不得不借，于是只好再三再四地叮咛嘱咐，从马的吃喝拉撒用一路絮叨下来，直到"两泪双垂"，极是诙谐生动。与这篇风格相近可以媲美的是睢景臣的套曲《般涉调·哨遍·高祖还乡》。

扬州人睢景臣是张可久、乔吉时代的作家，《高祖还乡》是参加一次沙龙比赛的成果。钟嗣成在其记录元一代杂剧散曲家事迹的《录鬼簿》上说："维扬诸公俱作《高祖还乡》套数，唯公（睢景臣）《哨遍》制作新奇，诸公皆出其下。"它的新奇，就在于别出心裁地选取了一个乡农的视角来写威加海内的汉高祖衣锦还乡的盛典，就如同用一个孩子的眼睛看皇帝的新衣，自然就不同凡响。先写社长挨门告示、乡邻里乱忙，再写皇帝的仪仗："……一面旗鸡学舞（这应该是凤），一面旗狗生双翅（这应该是麒麟）；一面旗蛇缠葫芦（这应该是龙）。""红漆了叉，银铮了斧，甜瓜苦瓜黄金镀；明晃晃马蹬枪尖上挑，白雪雪鹅毛扇上铺。这几个乔人物，拿着些不曾见的器仗，穿着些大作怪衣服!"皇帝的车来了，"那大汉下的车，众人施礼数。那大汉觑得人如无物。"终于抬头看清了那大汉，"险些气破我胸脯"，"你须身姓刘，你妻须姓吕，把你两家儿根脚从头数：你本身做亭长，耽几盏酒……曾在俺庄东住，也曾与我喂牛切草，拽坝扶锄"，还"少我的钱""欠我的粟"，"只道刘三，谁肯把你揪捽？白什么改了姓，更了名，唤作汉高祖！"至此作了精彩的喜剧性结束。真是妙想天成。

要论曲文的滑稽佻达，一定要说道王鼎王和卿，他是关汉卿的要好朋友。虽然官做到学士，但是生性无忌，作品俳谐俚俗，玩世不恭，李白的"燕山雪花大如席""白发三千丈"已经够惊人的了，王学士的《仙吕·醉中天·咏大蝴蝶》则更加大胆，"弹破庄周梦，两翅驾东风，三百座名园一采一个空。难道风流种？吓杀寻芳的蜜蜂。轻轻地飞动，把卖花人搧过桥东。"除了咏蝴蝶本身，这支曲还有调侃风流浪子的意思。在元曲中，男女风情和山林隐逸是突出的两大题材。

关汉卿是一位写情圣手，在杂剧上是，在散曲上亦是。"自送别，心难舍，一点相思几时绝？凭栏袖拂杨花雪。溪又斜，山又遮，人去也。"（《南吕四块玉·别情》）这是凄婉的幽怨；"碧纱窗外静无人，跪在床前忙要亲。骂了个负心回转身。虽是我话儿嗔，一半儿推辞一半儿肯。"（《一半儿·题情》）这是鲜活的俏骂。写过《墙头马上》和《梧桐雨》的杂剧家白朴，自然也颇得言情之真谛。看他的小令

《阳春曲·题情》："笑将红袖遮银烛，不放才郎夜看书，相偎相抱取欢娱。止不过迭应举，及第待何如?"有意放了社会性的丝缕在情场里，反写出爱情第一主义。马致远的言情曲也写得精巧本色，可惜没有篇幅再称引他的这一面作品。

后期元曲要以曾瑞为第一言情高手。曾瑞是北京大兴人，却南游江浙，移家杭州，淡泊功名不愿出仕。《录鬼簿》说他"神采卓异，衣冠整肃，洒然如神仙中人"，而且，"江淮之达者，岁时馈送不绝"，享有盛名。他的言情散曲以大胆奔放为显著特点，在他的作品中找得到"得遇知心，私情机密，有风声我怕谁?""会云雨风也教休透，闲是非屁也似休偢""待私奔至死心无憾"这样人性猎猎的辣曲。《南吕·骂玉郎过感皇采茶歌·闺中闻杜鹃》是一篇温婉一些的杰作，写一个在"帘幕低垂，重门深闭。曲栏边，雕檐外，画楼西"的闺中少妇，恼恨"声声聒""不如归"的杜鹃，她斥骂道："我几曾离这绣罗帏，没来由劝道不如归! 狂客江南正着迷，这声儿好去对俺那人啼!"将少妇对丈夫的怨恨和思念含蓄而活泼地尽透示了出来。

维吾尔人贯云石也如曾瑞一样，是个思慕江南风物的文人，以至不惜称病辞官浪迹江浙。他的祖父阿里海涯是元朝的名臣，他本人荫袭过父职两淮万户府达鲁花赤，又做过翰林侍读学士。在他的作品中已经找不出塞外西域的痕迹，却有北方豪士的飒爽英风和江南文人的飘逸之气，以爽朗见长。引他一篇小令："新秋至，人乍别，顺长江水流残月。悠悠画船东去也，这思量起头儿一夜。"贯云石号"醉斋"，另有一位号"甜斋"的徐再思，作品比贯云石更考究。他的《水仙子·夜雨》是一篇名作。"一声梧叶一声秋，一点芭蕉一点愁。三更归梦三更后，落灯花棋未收，叹新丰逆旅淹留。枕上十年事，江南二老忧，都到心头。"写困于旅途的游子在秋夜思念父母追忆往事，将愁怀之长之深，通过雨打树叶、滴漏更声，用几个叠续的数字，渲染出来了，已经接近于词了。

张可久与乔吉并称为元散曲两大家，不仅在数量上，质量上也有很大的成绩，他们的创作体现着散曲创作的一种走向：由本色质朴日趋工整清丽。

乔吉自称"烟霞状元、江湖醉仙"，称自己的落拓漂泊生涯为"批风抹月四十年"。他的散曲形式整饬、节奏明快，在语言上着力锤炼，有"蕉撕故纸，柳死荒丝"这种有尖新感的句子。他有清雅终篇的作品，但更善于将工丽的雅语和俚语俗语捶打成一片。如《水仙子·忆情》："担着天来大一担愁，说相思难拨回头。夜月鸡儿巷，春风燕子楼，一日三秋。"再如《满庭芳·渔父词》："秋江暮景，胭脂林障，翡翠山屏。几年罢却青云兴，直泛沧溟。卧御榻弯的腿疼，坐羊皮惯得身轻，风初定，丝纶慢整，牵动一潭星。"满篇是雅词勾出的美景，中间两句"卧御榻""坐羊皮"的嬉笑褒贬，一扫可能的板滞，使全篇皆活，这是他不掩江湖气才营造出的"奇丽"。张可久则更有意地以词为曲，除少数作品外，他一般力避俚俗语汇，更多地化用诗词语境，追求清雅和蕴藉。

张可久有许多佳构，有的像诗，如"猿啸黄昏后，人行画卷中""雪岭谁家店，山深河处钟"，颇像五律。更多的像词，如"云冉冉，草纤纤，谁家隐居山半掩？水烟寒，溪路险，半幅青帘，五里桃花店"，萧疏自然。再如，"老梅边，孤山下。晴桥蟢蛛，小舫琵琶。春残杜宇声，香冷荼蘼架。淡抹浓妆山如画，酒旗儿三两人家。斜阳落霞，娇云嫩水，剩柳残花"，都是借洒洒落落几笔，涂抹出一幅如同时代倪瓒、王蒙等画家的"文人画"，意境悠远，意趣盎然。

除开山水和风情，元曲里也有触及甚至直击社会和现实的，只是比重小一些。张养浩的《山坡羊·潼关怀古》是经常被称引的短篇，写到"伤心秦汉经行处，宫阙万间都做了土，兴，百姓苦。亡，百姓苦"。能够将王朝的兴亡与百姓痛苦相关这一处把握得到，立场是相当的高远了。对于做过高官的张养浩（他做过监察御史、礼部尚书）有这样手眼，也是难得了。刘时中有两部长篇套曲，题目用曲均相同：《端正好·上高监司》。一套用十五支曲组成，写饥荒之惨，一套由三十四支曲组成，写币制之乱，都是用口语完成的社会性的画卷，但作者把它作为"说帖""条陈"来写，如前一套立意歌颂官方救灾之"德政"，后一套列举了许多改革方略，词汇过于直白，粗糙堆砌，艺术性较弱。

唐诗宋词让我们敬仰的，首先是李杜、苏辛这样的大家，他们以其作品创造了诗体和词体的巅峰。在元曲这一幕里，恐怕只能排出一个集体阵容来展示。以量而言，马致远、张可久、乔吉是三大家，张、乔甚至被明人称为散曲中的李、杜，以质的丰厚深刻论，他们担当不起这种荣光。他们之所以获得这样的美誉，是因为他们的创作比较地精致比较地逼近于诗词逼近主流文学，而这种趋向却恰恰背离了具有浓烈民歌风的元曲本色。张、乔在创作中为了追求精致采用的手段之一，是化用诗词的字汇和意境，这种趋向不可避免地滑向袭用挪用，这使他们愈精致愈甘于"词余"的地位，愈益背离创造性大师的可能。以精神气势和才情论，最有可能成为大师是马致远、关汉卿，但他们却始终未能把散曲创作作为一项主业来用力。终元一代没有诞生一位可以其个人创作之丰饶深厚而成就的散曲大师，这是一个无法弥补的永远遗憾了。到了明代，散曲虽然仍是诗坛的霸主文体，却更加远离元曲的爽朗活泼而没落了。散曲，便终于成为一种缺少大师的文体。

不过，大师的全集不可能尽是杰作，由许多杰作聚成的合集却可以闪烁大师般的永恒光焰。

圈点

各自送别 关汉卿有"咫尺的天南地北，霎时间月缺花飞。手执着饯行杯，眼阁着别离泪。刚道得声保重将息，痛煞煞教人舍不得，好去者望前程万里"。前一句"痛煞煞"，紧接着强作欢颜的"前程万里"，是戏剧式的跌宕。卢挚有《别珠帘秀》："才欢悦，早间别。痛煞煞好难割舍。画船儿载将春去也，空留下半江明月。"收煞处却是电影式的写意。

批风抹月 元曲主流是俗透半边天的。中国诗歌经过西中国风吹，南中国风熏，由风雅颂而楚辞，由汉乐府而唐诗，由唐诗而南宋词，到了元代就是北风劲吹了。乔吉号称"批风抹月四十年"，《满庭芳》中亦有"卧御榻弯的腿疼，坐羊皮惯得身轻"的北曲俗唱。

无限的三国 / 《三国演义》

> 罗贯中以一百零四回写桃园结义到诸葛亮之死五十
> 一年间的故事，此后四十六年的故事只用了十六回。

罗贯中是被公认的《三国演义》的著作权人，所以现代版本的"三国"总是直接标明"罗贯中著"。这不能算什么错误，但是目前所知最早的三国版本，明代嘉靖年间的《三国志通俗演义》刻本上题有"晋平阳候陈寿史传，后学罗本贯中的编次"，这种题法也许更准确。按着这种说法，罗贯中只是将陈寿的正史著作《三国志》重新作了一番编排，在结构上重作调整。可单是这种结构调整，工程也相当庞大。

《三国志》的体例是类同《史记》所创造的纪传体，将三国人物用单篇小传一一总结出来。罗贯中的演义则是将纪传体改为纪事本末体，这是中国历史著作除纪传体、编年体之外的另一种体式，就是依照事件的起始和终结为顺序来写作。但是史书的纪事本末体在事件与事件之间是没有联结的。《三国演义》却不同，实际上，《三国演义》

是融纪事本末体和编年体为一种全新的格式：中国式的历史小说。这部中国最成功的历史小说，对传播历史的功绩可能比对小说的贡献更大，直到今天为止，还没有一部断代史比三国史更为中国人所熟知了。

《三国演义》中的几乎所有重要的故事在《三国志》中都可以找到。赤壁大战、官渡大战、彝陵大战这些著名的战役不用说了，刘关张的友谊、三顾茅庐、刮骨疗毒这些情节，甚至曹操评说天下英雄"唯使君与我"吓得刘备将筷子跌落，吕布被杀之前斥责刘备"此儿最无信义"这样的细节，《三国志》都已经提供了，所以后人说《三国演义》是七分史实三分虚构。在三分虚构里，许多生动的情节，在现代读者看来似乎都过于荒唐和荒诞了。那些与巫术有关的段落，如孔明祭东风、关公显灵，不用说是不可信没价值的；即如草船借箭、空城计，这样著名的情节，我们也只是姑妄听之姑妄看之罢了。那么罗贯中的创造在哪里？在人物塑造上。罗贯中塑造的一尊尊个性迥然不同的鲜活的人，而且不是一两个，而是许多个，不是史书中死去的古人，而是千百年来被一代代讲述的令人难忘的有生气的人。罗贯中凭借的不仅仅是历史中既有的事件，更有其创造的场面设计、细节设计和对话设计。靠着这些设计，人物才由古而今由死而生动而真实起来了。以"关公温酒斩华雄"为例，罗贯中不直接写战场的格斗，只侧写关公斩杀华雄回帐掷头于地，曹操为他斟上的酒还是温的。这已经是一种高明的现代式的文学处理方法了。这还不足够引起我们敬佩，因为关公斩颜良也是一击而获，颜良根本就措手不及，诛文丑也只三个回合，罗贯中在处理关公的格斗场面时，即使正面写了也表现不佳，那么不正面写就只是一种小聪明甚至不得不如此。所以"温酒斩华雄"只是这一段情节的一个高潮点和记忆点而已，真正优秀的写作是在此之前关公上场引起袁绍、袁术、曹操等人的一系列反应上。十八路诸侯共聚一堂的大帐内，各路军阀们被华雄连胜的战况弄得狼狈不堪，于是关羽挺身而出。总指挥袁绍便问是什么人，回答是刘玄德的兄弟关羽。又问是什么职务，回答是"跟随刘玄德充马弓手"。袁术的反应是"大喝曰：汝欺吾众诸侯无大将耶？量一弓手，安敢乱言！与我打出"；曹操的反应是"急止之曰：公路息怒。此人既出大言，必有勇略，试教出马。如其不胜，责之未迟"；袁绍的反应则是说"量一弓手出战，必被华雄所笑"。曹操则不仅看重关羽"仪表不俗"，并且"教酾热酒一杯"，才有"鼓声大振，喊声大举，如天摧地塌，岳撼山崩，众

181

皆虚惊。正欲探听，鸾铃响处，马到中军，云长提华雄之头，掷于地上——其酒尚温"。情节到此尚未结束，因为张飞的随势呼应，要求杀入关内活拿董卓，又引起袁术大怒，"喝曰：俺大臣尚且谦让，量一县令手下小卒，安敢在此耀武扬威! 都与赶出帐去! 曹操曰：得功者赏，何计贵贱乎?"而且散会之后，"曹操暗使人赍牛酒抚慰（刘关张）三人。"短短的一段情节，几句简单的对话，把几个人物的性格嘴脸全勾画出来了。袁氏兄弟的愚不可及（袁绍还愚得有一些明堂）和唯成分论，曹操的胸怀气度和知人善任，都跃然纸上，而且对后边的青梅煮酒论英雄以及几大战役成败都有了提前照应。真不愧是大家手笔。

作为一个作家，当他面对一大堆过于丰富的素材，是幸运呢还是不幸? 反正罗贯中就是这样在幸与不幸之间的作家。在他之前，除了《三国志》，以及比正文还庞杂字数还多的裴松之的注释材料，还有一部粗具规模但文字简陋的图文并陈的《全相三国志平话》，以及宋元以来上演的三十余种三国戏，以及更多的不见于文字的民间说话。所以他的第一位的工作就是取舍、调整、组合，完成一种恢弘的架构，这个架构里有机地承载了近百年（九十七年）的历史、上百位人物、几十场战役和战斗。在情节上，罗贯中至少舍弃了曹、刘和孙权分别是韩信、彭越、英布的化身，分裂汉室是为了报刘邦杀身之仇这样的民间水平故事。在时间上，罗贯中以一百零四回写桃园结义到诸葛亮之死五十一年间的故事，此后四十六年的故事只用了十六回。这样的把握使他可以将笔墨集中到英雄辈出年代的英雄传奇上。

就整体的道德判断而言，刘备无疑是被歌颂的正面英雄。但是，头号恶人曹操却是全书最生动最令人难忘的角色，现代读者对曹操就尤其是这样的印象。曹操动辄"笑曰""大笑曰""抚掌大笑曰"，要比刘备动辄泣下的形象更可爱更合我们阅读时的胃口。刘备之虚弱连尊刘派的三国评点者都忍不住指出：先主的天下一半是哭来的。虽然有道德上的批判，但是在这部以讲智谋为中心主题的书中，罗贯中本人也许是曹操一党，所以写到曹操便笔下生风。赤壁大战前曹操在江船上横槊赋诗一节，何其风光，是依据曹操的诗敷衍而来；曹操之死一节源自曹操的遗嘱，更具写实力度。曹操遗嘱众侍妾："吾死之后，汝等须勤习女工，多造丝履，卖之可得钱自给。"这一处细节，反映了：一、大英雄曹操的儿女情长；二、曹操的清醒的现实主义精神。既然罗贯中能够创造或者保留这样的细节，至少反映了他本人的现实主义精神，或者说尊重历史的精神，不被拥护正统的思想所左右，才使得《三国》超越所有历史演义小说而拥有真实的历史深度和丰厚的文化积累。

虽然，《三国》"在文学史中的地位已经不可动摇了"，但《三国》从来就不是纯粹的文学，它是中国人的启蒙教科书，教给人无数的常识和智慧以及做人应世的本领。至少，它在清太祖和毛泽东手里，都曾经是指导他们战无不胜的兵书。就因为《三国》这种智谋全书的功用，人们传说罗贯中是"有志图王者"，是有心称王称霸者，虽然也有罗贯中在元末军阀之一张士诚的幕府中出入的说法，却没有罗贯中有关军事成绩的确切记载。那么，终究是文人的梦想，附会而已罢。

圈点

中国价值观 有学者说，影响中国人心思的不是儒教，却是道教和通俗小说。实在地说，这三者的影响都在，不同剖面而已。通俗小说中，影响中国人、塑造中国价值观的，《三国演义》确是很重要的一种。

少年水浒 / 《水浒传》

> 《水浒传》是比《三国》更成熟的小说、更文学的
> 文学经典。《水浒》白话更泼辣。李逵见宋江，劈头便
> 是"莫不是山东及时雨黑宋江"。

批过《西厢记》的金圣叹，十一岁时是个病弱的少
年，小病不断，不能上学，不能去玩，大人也禁止，只好
抱着书来消遣。手头可以看到的书，一是《妙法莲华经》，
一是《离骚》，一是《史记》，都是十一岁病中的发现。但
是，"《离骚》苦多生字，好之而不甚解，记其一句两句
吟唱而已。《莲华经》《史记》解处为多，然而胆未坚
刚，终亦不能常谈。其无晨无夜不在怀抱者，吾于《水浒
传》可谓无间然矣"。让少年金圣叹读得昏天黑地亲密无
间的《水浒传》，虽然是一部文学经典，可是在中国，实
在已通俗到成为少年读物了。如果一个人在少年没有读过
《水浒》，那么他一定是不曾读书识字。即使那样，他也会
在少年时听他的同伴的反复讲述而对其中的人物和故事烂
熟于心。成年后的人们再去读《水浒》的，不是很多，就

此而言，对于《水浒》，对于不再读它的人，都是很大的遗憾和损失。相形之下，重读《三国》的成年人是比较多的，因为读《三国》是一边读文学一边读史，而《水浒》总归是小说。

但是，《水浒传》是比《三国》更成熟的小说，是更文学的文学经典。

单就语言上看，《三国》使用的是文白相间略偏重于文的语言，《水浒》则是更活泼更生活化的白话。《三国》虽然也借助于平话，但在成书时要大量引录使用《三国志》及其附注等正史资料，不可避免地，正史所使用的较典雅工整的文言，也一并挪用过来了。《水浒》则更多地使用"说话"的材料，是将许多大致成型的话本直接加以连缀，同样不可避免地，白话也一并搬用过来了。"三国"人物更多的是将相官宦，对话的语言也应该工整一些，即便如刘备出身平民，但总以一份皇家血统自得，那么，言语间也不得不文而言之。"水浒"人物则以市井人物为主，最生动鲜活的人物如鲁智深、武松、李逵、史进、林冲、阮氏三雄等等，无非武夫、逃犯、监狱看守、武术教师、渔夫，无一不是飘泊江湖的下层阶级，他们使用的语言，必然是最直接了当、最泼辣、最无所避讳的白话口语。纯用白话，最能毕肖他们的经历和个性。李逵与宋江头一次会面，第一句话便是"莫不是山东及时雨黑宋江"，第二句便是"真个是宋公明，我便下拜。若是闲人，我却拜甚鸟"!令人绝倒。

不仅是在人物对白，《水浒》在叙述语言上也纯用白话，中间偶尔插有一些骈赋诗文，都近乎套话，取其最浅白的意思来用。尤擅以白描勾勒人物行动的场景。鲁达醉打山门、武松血溅鸳鸯楼那样的描写，对细节的留意，对层次的把握，即使现代的小说家能做到的也不过如此吧。

《水浒》在结构上的特异性也格外令人注意。比较来说，《三国》的结构相当于史书中的纪事本末体，以事为始终。《水浒》的结构则相当于史书中的纪传体，以人为中心结构故事。鲁达的故事、武松的故事、林冲的故事、杨志的故事，都各自具有比较独立的单元，在自己的单元中基本完成，在旁人的单元中也有一些闪现，颇类似于《史记》的"列传"。《水浒》的结构倒并非有意的创造，还是因材料而不得不如此这般。

宋江的起义在历史上确有其实。宋江三十六人横行十郡，令官军一筹莫展，又确曾有过以赦代剿的说法，但后来海洲知府张叔夜以伏兵逼降了宋江的游击队。就其规模和声势而言，宋江起义绝对无法跟北宋的王小波李顺起义、方腊起义相比，但偏偏宋江等人的故事在文学史中站住了脚，叱咤不休。南宋时，宋江等人的故事就开始流传，并且有许多分支，如太行山分支、梁山分支，等等。几乎是本朝的造反者故事居然可以在南宋王朝广泛流传，有其合理的政治背景。宋朝的统治疆域被迫退向长江流域后，遗散在北方的宋军和当地的武装自卫民众形成了自发的抗金队伍，他们多半占据山林沼泽结寨扎营，形式上已接近于官方所谓"强盗"。南宋王朝以忠义招呼他们，于是关于梁山的侠盗故事就在忠义的气候下流传，并有抗金式的征辽故事填充在其中。虽然到后来，抗金的背景越来越无足轻重，但侠盗故事已经敷衍得很完备了。元代成书为《大宋宣和遗事》，虽然语言文白相间，事迹又简略，但《水浒传》的基本雏形已有了，诸如杨志卖刀、晁盖劫生辰纲、宋江杀阎婆惜、平辽征方腊，等等。民间又另有《石头孙立》《青面兽》《花和尚》《武行者》名目的说话，元代又有三十三种之多的水浒戏，到元末明初聚合成一部大书是顺理成章了。

因为一些个人故事比较完备和成熟，施耐庵（或者加上罗贯中）在编著时只需加以连缀，并且汇结到逼上梁山一个大主题上，便有了现在结构的《水浒》。当然，施耐庵并非将各种版本的《水浒》作简单的相加，而是在长篇结构时创造出许多新的故事和是非，宋江的形象即是其中一大是非。《宣和遗事》中，宋江上山时，晁盖已死，《水浒》中宋江是被晁盖等搭救上山，自然只能坐第二把交椅。但是在第四十二回到第五十九回长达十八个章节里，作为第一领袖的晁盖居然毫无作为，没有故事，就留出一大空白来。这空白中间略有些点缀，如宋江每次都主动请战不使晁盖出征，等等，但一般地是不易读出内容来。偏有一个毒眼金圣叹却于字里行间读出宋江的虚伪和玩弄权术来，称宋江为"犬彘不食"，把个宋江深恶痛绝，甚至不惜在其删节的版本中做一点小手脚，比方在李逵叙说老母被虎所吃以至泪下一段，加了"宋江大笑"一句。在一个仔细的现代读者看来，即使没有金圣叹的小动作，也仍然可以从字里行间看出宋江的许多不是来，比方宋江一惯地帮助案犯，又要屡谈忠孝；既一路劝导江湖英雄上梁山，自己又不肯便去；既不肯上山，又偏在浔阳楼上题恶俗的造反诗；夺回盗马的冲动比报晁盖血仇的冲动更强烈，等等等等。宋江之端庄一如刘备，伪善亦如刘备。作者愈是在第一号男主角身上使劲愈是适得其反。

除开揭露宋江是第一等伪人，金圣叹的功绩更主要是删节出七十一回本的文字更干净的最流行的《水浒》版本。水浒英雄最动人的故事都发生在他们上梁山之前，一旦上得梁山进入革命队伍，就面目模糊混同于人民群众了，尤其是在七十回之后，英雄几乎很少生动的个人传奇，水浒的强盗故事摇身一变为战争演义了，而且是过于低级的战争演义。但是，战争故事恰恰是百二十回本所谓全本《水浒传》的增加内容，如征辽、讨王庆田虎、征方腊。全本的后续部分也并非全无是处，最终水浒英雄们或死或伤，或坐化，或出家，或分一小官做做，或如宋江被毒酒致死，又强李逵死以免坏了自家名誉，这样的大结局也足够悲惨了，是具备相当写实精神的处理了，虽然距离真正的社会悲剧尚有一段路。

圈点

　　无法无天　无法无天的幻想是普世性的，不仅中国人有，所谓法制精神最盛的国家亦有。外国固然没有武侠小说，但是强盗小说却是普世皆有的传统。以当今的"文明观"要求梁山好汉，一百零八个个个都过不了关，杀戮忒重。《水浒传》固然不乏"邪恶"，但是格林童话何尝没有。

"水浒"中的女人有人气。这一点，比"三国"是强了许多。有林冲娘子这样的贞女，也有潘金莲、潘巧云、阎婆惜这样的"荡妇"，也有一丈青、母大虫这样的豪女。

魔幻江湖 / 《西游记》

> 孙悟空"凭本事，挣了一个齐天大圣"，无论天宫地府、西佛东圣、北方真武、南方火德，"我老孙到处里人熟"，而且，"老孙自小儿做好汉，不晓得拜人"。

　　《西游记》的一大功绩，是展示了一个多元的全方位的神魔大全世界，这个世界融会了佛教的、道教的、儒教的，印度外来的、中国本土原创的和国外引进又经过中国改造的，天宫的地府的、山上的海下的，各方各路的神仙和魔怪，组合成一个庞大的网络和完整的体系。这个网络的中心、这个体系的最高领袖，是玉皇大帝。虽然他的表现像人间帝王一样虚弱无能，但他的地位确是至高无上的，连佛祖释迦牟尼都只能处在第二等级。玉帝被造反者孙悟空搅得昏头胀脑手足无措只好启用如来佛，却不是平级的请求，而是颁下御旨，是上对下的依靠文件来调动，尊贵的西天如来也就响应而来，这是宗教领袖为政治领袖服务。道教领袖李老君同样是玉帝的臣属，统管三十三天外离恨天的兜率宫。如来佛的权力界限似乎要大一些，主掌世界四大洲之一的西牛贺洲，另外三大洲分别是东胜神洲、南赡部洲和北俱芦洲。我们的大唐帝国属于南赡部洲，孙悟空则出生于东胜神洲的东傲来小国之花果山。

孙悟空在这个神魔世界是一个异端分子，极其著名和活跃。用他本人的话，是"凭本事，挣了一个齐天大圣"，不仅打出了惊天动地的名气，而且结交了不少相识。无论天宫地府、西佛东圣、北方真武、南方火德，"我老孙到处里人熟"，而且，"老孙自小儿做好汉，不晓得拜人，就是见了玉皇大帝、太上老君，我也只是唱个喏便罢了"。他跑到天宫追查脱岗的星宿职员，玉帝也只好说："只得他平安无事，落得天上清平是幸。"至于找天王一级的借避火罩，天王更是"不敢不借"。就凭着这分无法无天没大没小的"关系"，凭着金睛火眼铜头铁额七十二般变化筋斗云外加一条如意金箍棒，凭着观音菩萨许他"叫天天应唤地地灵"的承诺，孙悟空一行的取经历程，虽然充满了波折，却没有丝毫的悲壮，反倒洋溢着浓烈醉人、生趣盎然的喜剧色彩。孙悟空曾经是一个占山为王的造反领袖，两度受过招安，又两度反叛。尔后在如来的压迫和观音的紧箍咒束缚之下，被迫参加了取经队伍。不过他终究不像护法保镖，倒更像一位游戏风尘行走江湖的侠客。他既不在朝，也不算在野，依照神界标准，他只是一个"太乙散仙"，一个游侠。固然有许多时候他是为了保护唐僧才去降妖除魔，但也有不少时候是受到外人的邀请去除怪，或者干脆就是路见不平拔棍相助。第五十九回，借芭蕉扇灭火焰山，他对老者说："求将来，一扇息火，二扇生风，三扇下雨，你这方布种收割，才得五谷养。"第四十五回悟空安排布云、打雷、下雨时，特别命令雷公邓天君："老邓仔细替我看那贪赃坏法之官，忤逆不孝之子，多打死几个示众。"都很有些侠之大者的精神。悟空当然不会一脸端庄肃穆，他终究是一位猴侠，一位精力肆溢猴气冲天刁钻古怪嬉皮笑脸的风尘游侠，做的尽管都是正经勾当，他却使之充满了层出不穷没完没了花样翻新的不正经，充满了游戏精神。

说起游戏和不正经，不能不说到猪八戒。猪八戒对本书的喜剧贡献，即使不在孙悟空之上，也足可以等量齐观，是孙悟空的黄金搭档。八戒是很有一些优点可以表一表的，在取经事业中，八戒虽然不耐劳还是很能吃苦的，一担行李是一路挑到底，背死尸埋人头清除稀柿衕，非他不行。降妖除魔的打斗里，在不那么危险而有功可建有胜利可捡时，他还是比较勇往直前的。他是个始终如一的好吃之徒好色之徒好财之徒。因为这三好，他使本书增色不少。因为好吃，他最终获得一个佛界净坛使者的职位，可以名正言顺地大饱口福；因为他在女色面前的本相毕现忘乎所以，为本书创造了最令人捧腹的段落；他不仅好财而且还有理财本事经营思想，在高老庄就有所表现。在漫长的取经路上，他居然能忙里偷闲积攒出四钱六分重的私房银子，藏在耳朵眼里，虽然到底被孙悟空变成勾命鬼诈了出来。他是唯一敢于和善于挑悟空的不是开悟空玩笑的。悟空被黄风怪吹迷了眼睛要闭目疗治，八戒便建议师兄何不找他的拐棍（明杖）；悟空第一次被逐后不肯出山，八戒便随口撒谎激他出山。他经常煽动唐僧对付悟空，又经常挑唆悟空去偷他本人喜欢的吃食，颇有一些盘算和机心。八戒之于孙悟空，就犹如桑丘潘之于堂吉诃德。写《西游记》的人，借助其汪洋恣肆的想象力，为这个取经故事创造了多种嘴脸的魔怪，和令人目眩神迷变化万端的神器宝物以及斗法场面，但是如果没有取经者内部由悟空和八戒不断的分别发起的针对对方和外方神仙和魔怪的喜剧冲突，那么，这部长篇故事一定会格外的冗长沉闷和乏味。同样是神魔小说，《封神演义》因为要维护皇权和神权，要作"成汤气数已尽，周室当兴"这样的正经题目，笔墨就不轻松不从容，不游戏不幽默诙谐，不玩世主义，所以成就比《西游记》相差太多。

　　《西游记》建立了一个自给自足的江湖世界，在局部自然是拟自人间现实，但总体上却不想承担什么大义主题。虽然满篇是佛界道界角色，但"神魔皆有人情，精魅亦通世故"（鲁迅），没有一个端敬可畏的神佛。佛祖是妖精的舅舅，是一个好财守家的老财主：悟空一行历尽艰险踏上佛土，却还要向阿难伽叶交回扣（人事），如来还为弟子辩护，说"经不可轻传，亦不可以空取"，还引用前例，众比丘曾下山为舍卫国赵长者家诵经，"只讨得他三斗米粒黄金回来。我还说他们忒卖贱了，教后代儿孙没钱使用"。相形之下，观音菩萨是比较可爱的一位，虽然悟空调侃她"该了一世无夫"，却是对悟空师徒最关心负责的一个，屡屡出面化解难题。第四十九回，"观音救难现鱼篮"一段尤为动人。观音掐指算出她的金鱼在通天河成精，陷害取经人，连梳妆打扮都不顾及，就在林中削篾编篮。于是就有一个孙悟空眼中的美丽观音："懒散怕梳妆，容颜多绰约。散挽一窝丝，未曾戴缨络。不挂素蓝袍，贴身小袄缚。漫腰束锦裙，赤了一双脚。披肩绣带无，精光两臂膊。玉手执钢刀，正把竹皮削。"观音就这样急来收妖，连八戒和沙僧都过意不去："师兄性急，不知在南海怎么乱嚷乱叫，把一个未梳妆的菩萨逼将来也。"这一副形象，百姓却说是"活观音菩萨"，"也不顾泥水，都跪在里面，磕头礼拜。内中有善图画者，传下影神。"这是一个充满人间气息的观音。

观音奉命组织了这场取经活动，西天取经也是《西游记》最基本故事源头。但是，取经在书中实际只是承担了串联结构的责任，全书重心是孙悟空的除魔故事，所以全书看起来更像一部电视系列剧而不是连续剧。全书一百回，前七回是相对独立的孙悟空造反故事，第八至十二回是关于取经由来的故事，后八十几回，讲述了四十几个小故事，每个短则一回，长则四回，基本稳定在二至三回的长度内，均有起始、高潮和结局。所以虽是长篇，《西游记》更像一个连缀的短篇集。四十几个故事中包含了七十七难，"八十一难"的前四难包含在唐僧出身的故事里，分别是金蝉遭贬、出胎几杀、满月抛江、寻亲报冤。唐僧出身故事，在现存的《西游记》最早刊本"世德堂本""崇祯本"等明代版本中都缺失了，只在清初刊本《西游证道书》中才补出了这一段。人民文学出版社的《西游记》，是将这段故事作为附录添在第八回之后的。

《西游证道书》应该属于道教支持的版本，《西游原旨》为护国庵版，是佛家版本。《西游记》对道士戏谑得重一些，对佛家也并不敬重，却能够受到双方的推崇，推许为弘扬大道佛法的著作，也是奇迹，但说到底，《西游记》只是一部充满喜剧精神的以神魔为角色的武侠小说。

《西游记》很武侠很魔幻很漫画，在漫画统治的当今世界应该最投合年轻读者。只是语言不够充分白话，影响了自己的传销。

话说至此，忍不住要说几句石头。《西游记》《红楼梦》统统发端于石头。《西游记》的石头与《红楼梦》的石头似乎颇有渊源，各有擅场。贾宝玉的石头要比孙悟空的石头巨大。贾石头"高经十二丈、方经二十四丈"。孙石头"有三丈六尺五寸高，有二丈四尺围圆"。但是孙悟空的石头要比贾宝玉的石头玲珑，"上有九窍八孔，按九宫八卦"。孙石头生出个孙悟空，贾石头陪同着贾宝玉。

贾宝玉的石头深度忧郁，因为不能补天，就"自怨自叹，日夜悲号惭愧"。美猴王"享乐天真"，也曾"忽然忧恼，堕下泪来"，所烦恼的是，"今日虽不归人王法律，不惧禽兽威服，将来年老血衰，暗中有阎王老子管着"。

贾宝玉的石头追求"得入红尘，在那富贵场中，受享几年"，不过被夹带着入尘。孙悟空则是自打一个山头，自成一个江湖，自费出洋学成归洞，自赚一个齐天大圣。

贾宝玉的石头最终的收获是收听收看收录了一部风月石头记，孙悟空则亲手亲身亲自打出一部魔幻史诗。

圈点

喜从天降　神怪小说在中国有千百年的传统，但是《西游记》仍然是个异数，因为其中的喜剧性、玩世精神难得地贯彻始终。胡适说，它能够成为世界的一部绝大神话，正因为内中的种种神话都带有一点诙谐意味，能使人开口一笑。

三大可爱　《西游记》有三大可爱形象，悟空八戒占了两个，还有"眉如小月，眼似双星，玉面天生喜，朱唇一点红"的观音。悟空一路调戏，八戒一路被调戏。观音一路救急，甚至一度顾不及梳妆，反倒感动百姓，在泥水里跪将下来磕头礼拜，称为"活菩萨"。

李瓶儿与庞春梅 / 《金瓶梅》

> 有潘金莲，必有李瓶儿。有一个金莲，必有一个春梅，瓶是潘的对手，梅则是潘的副手。直到后二十回，春梅终于作了大结局的女一号。

我最早读到的《金瓶梅》，是人民文学出版社的三卷删节本；尔后读到台湾影印的六卷词话本。手头唯有的一套《金瓶梅》，是香港出的小字删节本，三卷一函。这回，为了议论这个话题，去买了齐鲁书社的张竹坡评注本《金瓶梅》，盗印的版本，所以半价三十四元即购得。

人文版的《金瓶梅》由戴鸿森先生校点，1985 年出版。齐鲁版《金瓶梅》由王汝梅、李昭恂、于凤树先生校点，1986 年出版。人文版共删去一万九千一百六十一字，齐鲁版则删去一万零三百八十五字。删去的自然是罪大恶极不堪入目的性描写。

性描写在《金瓶梅》，应该说，是必要的一部分。因为千奇百怪的性活动，原本就是书中那个恶俗污烂市井画卷的重要组成部分，而且是书中人物嘴脸性情的表现基础的一部分。还有，性描写既是书中世界的一种构成元素，也是那个被影射时代（以宋代影射明代）世风的构成元素。那一时代上至皇帝内宫，下到市井平民，流行病一般漫衍着性放肆。所以，首先是现实的骇人听闻，才有书中的骇人听闻。我们不必一定要置这部分《金瓶梅》于死地。不过，即使摘除这部分文字，《金瓶梅》仍然不失为相当完整的文学巨构。

直截了当的性描写在全书所占比重，不到百分之二。也就是这百分之二弱的文字，给《金瓶梅》制造了可怕的和诱惑性的声名，使这部奇书成为中国几大古典杰作中，最众所周知，又最少被阅读的一种。说部之中，《水浒》《三国》都算不得奇书。因为在长期的讲史、说话传统的演变之中，这样的或不这样的类似的杰作必定会在古代中国出现。《水浒》《三国》是中国人注定拥有甚至不得不拥有的光荣成就。《金瓶梅》不是，在它出现之前，我们根本无法预料它的诞生，在它之后，我们也无法肯定有必然的后续者。不过，至少为它，我们对伟大的《红楼》的出现有了心理准备。

第一批读到《金瓶梅》的人，都用惊奇的语言表述他们的热衷和喜欢。这里头，包括著名的公安派主将袁宏道

(中郎)、袁中道（小修），包括稍前一些的复古派首领、文坛领袖王世贞，以及汤显祖、董其昌、冯梦龙等为我们熟知的诗人作家。董其昌是目前尚存有据可查的《金瓶梅》的第一个读者。时任吴县县令的袁中郎即是从他那里借得手抄本的。在致董的尺牍中，袁写道："《金瓶梅》从何处得来？伏枕略观，云霞满纸，胜于枚生《七发》多矣。后段在何处？抄竟当于何处倒换？幸一的示。"西汉枚乘的《七发》是有讽劝之意的赋体散文，中郎此处的比拟可能是着眼于讽世一点上，在我们看来却不甚切题，颇不类也。中郎对《金》的热衷是无疑的，而且转抄在手。此信写于万历二十四年，即1596年。十年后，1606年，他给一位士大夫，也是袁氏兄弟所办蒲桃（葡萄）诗社的诗友谢肇淛去信。信中有"《金瓶梅》料已成诵，何久不见还也"之句，玩笑中藏着认真的追讨。同一年，刚刚写成掌故笔记《万历野获编》初稿的沈德符，寻问中郎《金瓶梅》"曾有全帙否"，中郎说（湖北）麻城刘承禧家有全本。又据谢肇淛跋《金瓶梅》时说，"此书向无镂版，钞写流传，参差散失。唯弇州（王世贞）家藏者最为完好。余于袁中郎得其十三，于丘诸诚（志充）得其十五，稍为厘正，而厥所未备，以俟他日。"可见还在汲汲以求全本。冯梦龙后来从沈德符处看到全本，便"见之惊喜，怂恿书坊以重价购刻"（《野获编》）。

目前所知的最早版本是万历四十五年（1617年）的刻本。书名《金瓶梅词话》，1931年在山西介休县被发现，由北京文友堂太原分号购得，后归北平图书馆收藏，现为台北外双溪故宫博物院典藏。1933年孔德学校图书馆主任马廉先生集资，以古佚小说刊行会名义影印了一百部该刻本。1949年后大陆首次印行的1957年毛泽东批准版，即是影印1933年版，以文学古籍刊行社名义印了二千部，只供省军级干部阅览，连学者教授亦难问津。《金瓶梅》现有的另一版本系统，是崇祯刻本，书名《原本金瓶梅》。张竹坡评点本依据的，就是这一版本。崇祯本是万历本的修改本。所谓修改，主要是大量删减了词话本中的曲词，使之更靠近散文本小说。情节上，词话本第一回《景阳冈武松打虎　潘金莲卖弄风月》，散文改成《西门庆热结十兄弟　武二郎冷遇亲哥嫂》，让西门庆抢先上场；八十四回中删去吴月娘遭劫被宋江所救一段，删得都有道理。五十三回、五十四回亦不同。回目都改得工整了，方言也改得通行了。也有误改之处。张评本对崇祯本也有小改动，另添有《竹坡闲话》《金瓶梅寓言说》《苦孝说》《批评

203

第一奇书〈金瓶梅〉读法》《冷热金针》等总评文字，每一回之前有回评，文内有眉批、旁批、夹批。张评本《金瓶梅》的影响和流行，就如金（圣叹）批《水浒》和毛（宗冈）批《三国》。

张批，有胡批乱批迂腐之批，也有很新鲜很现代之批。比方，他以为不必着意追问作者出处，说"何不留此闲工，多曲折于其文之起尽哉？"属于文本研读派。

《金瓶梅》的作者，至今亦无定论。最早便有"嘉靖年间大名士""世庙时一巨公""绍兴老儒"等说法，统一之点就是非大手笔不足以完成这一部巨作。"绍兴老儒"是袁小修在其日记《游居柿录》贡献的说法，说"旧时京师，有一西门千户，延一绍兴老儒于家。老儒无事，逐日记其家淫荡风月之事，以西门庆影其主人，以馀影其诸姬。琐碎中亦自有烟波，亦非慧人不能。"指出《金》有所摹本。虽然尚不能找到更确切的证据，但这样一部大书，这样丰富的事迹人物，这样细碎不苟的笔墨，应该是有相当的原型参照的。否则凭空捏造出一个偌大的家族故事，近于神话了。既有摹本，"亦非慧人不能"，这里不存在冲突。曹雪芹有家族真迹参照，并不影响其绝世本领。

《金瓶梅》抄袭了不少曲词、戏剧、话本，但都是枝叶的，主干的故事却是自创。主脑人物中，当然有借自《水浒》的。《金瓶梅》是从《水浒》横生枝节，另行编撰。

《水浒》是男性的世界，女人尽无光彩。梁山几员女将均乏女性本色，而且一种嘴脸。梁山之外的女人，皆邪恶刁钻淫荡，如阎婆惜、白秀英、潘巧云、潘金莲等。对女人，《水浒》似乎深恶痛绝，《金瓶梅》又将这一形势推向极端，女人大世界，那许多女人竟无一个好的。男人虽多是坏臭之蛋，到底也有几个好人。张竹坡总结说："有一个李安，是个孝子；却还有一个王吉庵，是个义士；安童是个义仆，黄通判是个益友，曾御史是个忠臣，武二郎是个豪杰悌弟。"

《金瓶梅》所写固然都是不好女人，却能写出上下左右高低，尽写出她们各自的不好来，真是了不起。《金瓶梅》于杜撰对话一项最有本事，尽用女人的自家口吻来交待呈示她们的各自禀性，她们的各怀心事、心口不一。语言之泼辣鲜活，潜台词之层次丰富，是戏剧大师才写得出来的。而且，尽用白描和对话，写尽诸色，却尽可能不另加褒贬，这份自信和耐心，也令我们吃惊。

脂粉堆中，自然还以潘金莲、李瓶儿、庞春梅最为要紧，《金瓶梅》如此这般：全书一百回，一至九回，算是序幕，到武松误杀李员外，西门庆跳窗逃走为止。这一跳，跳出《水浒传》；十至七十九回，才是正文，到西门庆之死为止；八十至一百回，算是大结局。潘金莲是无可争议的女一号，在序幕中的戏分就很重，到正文更是无以复加，举手投足直延续到大结局，八十七回被武松杀死，才告了断，却还时时受到陈敬济、庞春梅的缅怀追忆。

有潘金莲，必有一个李瓶儿。潘李恰成反照，互相映衬，才个个跃然纸上。两人都是先奸后嫁，都害了亲夫，潘只坏了武大郎一个，李却毁了花子虚、蒋竹山两位；潘多才多艺，善唱歌、刺绣、弹琵琶，李只有烹制一道酥油泡螺儿吃食的看家本领；潘肤色黑，李肤色白；潘"会放刁"，李"温克性儿"；潘争风吃醋，李虚己待人。为历来批评家不满的，是李瓶儿嫁西门庆前后的性格变化，据说有天地之别。进西门府之前，李对丈夫大不耐烦，刻薄狠毒不下于潘金莲。入得西门之门来，则忍气吞声，处处小心，直至被潘惊杀儿子，染病身亡。这种起伏颇类似"红楼"的尤二姐入宁国府前后的变化。乍看是不对，但仔细以人情世理琢磨，却尽在情理之中。之前是心不在焉，无所拘束，破罐子破摔，之后，有了真心依傍，虽然这依靠是浮浪之人西门庆，毕竟是倾心选择，自然就一心一意，

206

轻拿轻放了。潘李也并不一味冲突，在李生儿子前，也有很久的和平共处友好往来。李生了儿子后，才风云再起，终成敌人和对手，你死我活了。

李瓶儿是潘的对手，庞春梅则是潘的副手。有一个金莲，必有一个春梅，为之附属配合，才有过渡、有变化、有照应。潘与西门庆的场面，包括性场面，总少不了春梅的穿梭、点缀。直到后二十回，春梅才作了大结局的女一号。关于春梅，也有性格、气质前后不统一的说法，至少见于中国社科院文研所的《中国文学史》卷中。说是前边奴才气十足，后边却是贵妇气十足。这议论不免书生气十足。春梅固然是奴才，却是奴才中的上上之选，很有些自以为是的高级奴才嘴脸，所谓心高气傲与普通奴才不同。比方过节时可以争得与西门大姐一样的待遇，穿"新白绫袄子、大红遍地金比甲"；比方被吴月娘六十两银子发卖时，硬是不掉一滴泪。自打做了周守备的姜，又升了夫人之后，神色也是夫人了，却又仍然保持着奴才根性。比方在永福寺见到家室败落的吴月娘、孟玉楼，就"插烛也似磕下头去"，说是"尊卑上下，自然之理"，"奴那里出身"。

《金瓶梅》浩浩荡荡，矛盾之处破绽之处，的确不少，上述两处却不是。而且，总起来说，全书的结构是相当严整的，"如脉胳贯通，如万丝迎风而不乱"（张竹坡）。全书涉及的人物之多、场景之多、行业之多、节日之多，都是前所未有的。而规模之大，又是通过琐碎之细来填充完成的，甚至于有自然主义的评语给它。以西门庆遗嘱为例，这位天字号大恶人，死前一五一十细数他的债务人及所欠数额，真是一丝不苟。所以这一部大书，既有大骨架，又有真肌肉、真毛发，才造出了一尊活像来。《金瓶梅》是大手笔，却是"极细的心思做出来者"（张批）。

人的最日常之道最根本之道，就是饮食男女。《三国》《水浒》《西游》三大说部，都在英雄豪杰神魔身上用力，独有《金瓶梅》专在饮食男女上在最通俗的市井人物上用心，经营出一方烟火气十足的人间世，为中国文学的写实主义做了光辉榜样。《金瓶梅》固然写色情，其用意绝不在此一端。费却百万言，意在房事的一二万字，也未免蛋头了。读它的人，如果为了这一二万字，竟废却百万言，就尤其蛋头。张竹坡两段话说得好，录在这里煞尾。他说："《金瓶梅》倘他当日发心不做此一篇市井的文字，他必能另出韵笔，作花娇月媚如《西厢》等文字也。"还说，"真正和尚方许他读《金瓶梅》"，"真正读书者，方能看《金瓶梅》"。

圈点

咄咄逼人 《金瓶梅》的市井气咄咄逼人，《红楼梦》的大院气理直气壮。《金瓶梅》里流氓当道黑道横行，《红楼梦》中既有阳光灿烂亦有阴云惨淡。没有粗鄙的《金瓶梅》，就不会有幽雅的《红楼梦》。

性与可爱 / "三言"

冯梦龙尝戏言：我死后不能忘情世人，必当作佛度世，其佛号当云"多情欢喜如来"。还说，"我欲立情教，教诲诸众生""万物如散钱，一情为线索"。

"三言"的总题目是《古今小说》。第一本是《古今小说一刻》，再版时改为《喻世明言》，顺势而下，便是《警世通言》《醒世恒言》，实则就是《古今小说》之二刻、三刻，流传起来，却是"三言"这个简称。

在"三言"之前，已经有过汇编刊印话本集子的先例，就是明嘉靖年间钱塘洪楩刊印的《六十家小说》。该书版心刊有"清平山堂"，所以通称为《清平山堂话本》。《清平山堂话本》收录的多是宋元话本，保存了话本的旧貌，文字未加整理，所以颇粗糙。刊刻亦不讲究，版框大小、字体精粗，都参差不一。"三言"则不然，不仅文字上经过冯梦龙的精心整理修订，刊印亦考究，由当时著名的刻书铺天许斋刻版。配插图四十页，由著名刻工刘素明雕刻。美观大方与民间小册子面貌迥然不同的《古今小说》一问世，便风行开来。《拍案惊奇》的作者凌濛初证实，说"三言""行世颇捷"，是当时热门的畅销书。

"三言"总计汇录宋元明话本小说一百二十篇，大致分分类，应该有男女故事、名人轶事、公案小说和因果报应故事。这当然是不严格的分类，因为男女故事往往涉及公案，果报故事可能关系名人，互相交错。但为了言语方便，还是分它一分。

轶事小说涉及的名人，包括李白、庄子、苏东坡、王安石、唐伯虎（唐寅）、司马相如等等，所录事迹都是趣闻一类，大都还是故事，不够小说。果报故事，大概是真正可以"喻世""警世""醒世"，有道德教化功用的唯一一类话本小说。那些奇奇巧巧的因祸得福、因福得祸前缘注定的故事及其所传递的道理，是真能为尚迷信远宗教的中国百姓所接受的。还有公案，全体故事中大致有百分之八十以上涉及诉讼断狱，所以公案最终没法作为独立的一类。那么剩下的就是，男女故事。

男女故事是"三言"中比重最大、成就亦最大的部分。实际上，在很大程度上，"三言"是作为言情小说集流传和风行的。全部一百二十篇小说的第一篇，《蒋兴哥重会珍珠衫》，就是男女故事，美国汉学家夏志清认为它是"三言"中最伟大的短篇小说。

单就篇幅而言，《蒋》也是一百二十篇中最长的。"三言"的小说形式，也是中国传统小说的形式，是有头有尾，有话即长，无话即短，脉络清楚，而且矛盾一定彻底解决，形同短篇，实当长篇。所以，篇幅越长便越显出情节的丰富曲折、委婉细腻来。《蒋》中的核心故事是"偷情"，乍看上去，与潘金莲西门庆的故事颇类似，也是一个风流的商人，一个寂寞的妇人，加上一个穿针引线的老妇人，制造了一段婚外通奸。但故事的前提和它最终的走向，却与潘金莲故事截然不同。这种不同，显示了中国的市井阶级对性道德的宽容程度。王三巧儿与陈商偷情之后果真有了情，曾经计划私奔，做个长久夫妻，只是因为在约定之日前事发，又因陈商的染病而亡才终于作罢。王三巧儿与丈夫蒋兴哥，"他夫妇原是十分恩爱，因三巧儿做下不是，兴哥不得已而休之，心中兀自不忍；所以改嫁之夜，把十六只箱笼，完完全全的赠她"。三巧儿被休在家，自杀未遂，改嫁南京吴进士。兴哥则娶了陈商的亡妻平氏。兴哥因一段公案陷狱，断案的恰是做了县令的吴进士。由于三巧儿的说项，兴哥不仅脱狱，而且与三巧儿又破镜重圆。兴哥娶平氏，是落了因果报应的老套，情节转换巧合处又颇多，但整个故事说完，人物的心理变化和感情脉络，却非常合情合理、细腻自然。"失节"被纳入了可理解的范畴。这种接受不仅是市井阶级的，也是文人阶级的。因为，《蒋》的蓝本，见于明代宋懋澄的文言小说集《九籥别集》，原题为《珠衫》。又由冯梦龙改编丰富后收入《喻世明言》。著名的《杜十娘怒沉百宝箱》源自《九籥集》的《负情侬传》，很可能也是冯梦龙手笔。

"三言"中唯一可以确定为冯梦龙创作的作品，是《老门生三世报恩》，一个老生在无巧不巧稀里糊涂的情况下，连中三元考中进士的科举故事，颇类《聊斋志异》和《儒林外史》的风味。冯本人虽然编著过《春秋衡库》《春秋大全》《麟经指月》等经学范畴的科考教材，却从未高中，五十七岁才补的贡生，六十一岁以岁贡选授福建寿宁知县，所以对科举的荒诞难免感同身受。他在一篇序文中提到"余向作《老门生》小说"云云，所以可认定是其创作。

冯的删改成绩，可以举《众名姬春风吊柳七》为例。原本是《清平山堂话本》中的《柳耆卿诗酒玩江楼记》，讲的是词人柳永的风流故事。原本至少有两处不堪：一是柳永在壁上题词"春花秋月何时了，往事知多少"，窃李煜名篇为己有，很低级的错误；一是柳永为得到歌妓周月仙，居然唆人强奸，使其服帖，不风流却流氓的情节。改词，在冯是信笔之功，改情节，是比较刻意，冯把唆人强奸改到黄二员外身上，柳永则仗义出资为周月仙脱籍，并使其与情人结合。有这等好人好事，才树得起柳永的风流形象，才会有其死后为众女子踏春凭吊不断缅怀的韵事。

冯本人曾矢志著《情史》，立情教。他曾自画："见一有情人，辄欲下拜；或无情者，志言相忤，必委曲以情导之，万万不从乃已。尝戏言：我死后不能忘情世人，必当作佛度世，其佛号当云'多情欢喜如来'。"说，"我欲立情教，教诲诸众生""万物如散钱，一情为线索"。说"六经皆以情教也"，说"情始于男女""流注于君臣、父子、兄弟、朋友之间"。他在"情教"事业上的功绩之一，便是编著了一大卷《情史类略》，从正经典籍和野史笔记中搜罗了八百七十余条男女故事。不仅"三言"中许多蓝本可以在其中找到，而且凌濛初写"二拍"也从中汲取了不少素材。

《情史类略》是情史辞典，"三言"则是情史演义。各有擅长，都蔚为大观。

"三言"是明代文学奇观之一，不仅因为它展示的社会场景极丰富，尤其因为它言情。

214

明代向中国文学史提交的成绩单上，小说是最为突出的一项，四部长篇被称为四大奇书，"三言"不知该何以称呼。四大奇书里头，《三国演义》《水浒传》《西游记》，虽然也写到男女故事，但通通不是正经题目，只有《金瓶梅》在男女故事上格外用力，正因为格外用力，尤其是在性事上惊世骇俗的笔墨，影响了人们用常态眼光打量其中的男女。"三言"则不然，虽然它的男女故事也有一些过于蹊跷甚至荒唐的段落，但是在总体上合乎民间的世态人情，至少更容易让我们相信它具有写实风貌。

"三言"的几乎全部男女故事中，都没有放过性这个题目。这实际是一种正常的健全的文学处理方式。

除个别篇章外，绝大多数"三言"故事涉及性，都是必要的。应该承认，其中的性描写多是不高明的，使用的都是套语性的语汇。但是，如果把它们砍掉，大部分故事根本就无法完成，有许多男女故事根本就是从性阶段展开的。婚前性行为，直到今天仍是社会学家议论纷纷的话题，实际上，它从来都是人类生活的常态之一。另一个极端，是故事临近结尾才引入性话题。比方《赵太祖千里送京娘》，游侠期的赵匡胤从强盗手中解救了京娘并长途护送到家。京娘因为感念和眷顾，要以终身相托，却为赵匡胤拒

215

绝。赵力图维护自己行为的纯洁性，京娘却因遭到家人的怀疑，上吊自尽证明本身的贞节。这里头涉及的性态度是有史以来及今后许多年仍将延续的性观念之一种，现代读者完全不必用封建道德或不道德来议论。这个悲剧故事至少证明一点，性是男女故事中绕不过去的环节。再比方和尚尼姑破戒的故事，无论他们是走向美好的结局还是邪恶的结局，总之是中外文学中频繁出现的故事综之一。因为性要求是最基本人性之一，是人本主义内容之一。薄伽丘在《十日谈》中也讲述了许多修士修女的偷情故事，便是立意明确地宣扬这样的主题。"三言"的作者们固然没有这样的追求，甚至在绝大多数情况下否定这样的立意，但故事本身的趣味性和自足性却是在否定其否定。

在古代中国，男女故事大多只能在偷情、通奸、嫖娼这些背景中发生，故事的外壳是非常态的，但内里却是最常态的。

圈点

文艺复兴 明代是与欧洲文艺复兴相对应的，明代的文学绝对可以较文艺复兴的文学一决高下。将薄伽丘的《十日谈》与冯梦龙的"三言"对读，颇可玩味。意大利人的世俗精神与晚明中国人的世俗精神很有相通的地方。意大利人从神学中挣脱，中国人则是从宋明理学中逃脱。

小说三刻 文艺复兴的西方开始突破神话网罗，人文大织，大印特印《圣经》和小说是其重要指数之一。而同时段中国则大印特印科举考试用书和新刊绣像小说。诸如吴县墨憨斋刻冯梦龙收集小说曲词，杭州容与堂刻李卓吾批点小说，湖州桂枝馆刻凌濛初创作小说。

只要主义真 / 袁宗道　袁宏道　袁中道

　　袁宗道的说法更一针见血。"有一派学问则酿出一种意见，有一种意见，则创出一般言语。言语无意见则虚浮，虚浮则雷同矣"。

　　革命总是此起彼伏地发生着，先前的革命党经过一段时间，或者就堕落为被革命的党，而新的革命却已经发动起来了。明代文学中第一轮被革命的是台阁体文学。

　　台阁体是由三位杨姓大学士主导的官方主流文学，以"歌颂圣德"为内容，表达"爱亲忠君之念，咎已自悼之怀"，讲究"雅正平和""太平宰相风度"，大量是倡和应制之作。革他们命的，是复古派，核心人物是李梦阳、何景明等"前七子"和李攀龙、王世贞等"后七子"。复古派提倡"文必两汉，诗必盛唐"，由是赢得胜利，复古文学成为主流文学。尔后他们亦被革命，这一回的革命党，包括右翼的"唐宋派"和左翼的"公安派"。唐宋派以王慎中、唐顺之、归有光为代表，公安派的代表则是袁氏三兄弟，袁宗道、袁宏道、袁中道。三兄弟是湖北公安人，所以便是公安派。

中郎袁宏道是公安的党首，不唯创作成绩最大，而且是公安文学思想的首席发言人，公安派的核心概念——性灵，便是他的发明。

传统中国的文化概念往往极其含糊笼统，只可意会，难以深究。关于"性灵"一词，我们也只好意会它。袁中郎有一次重要发言，在《叙小修诗》中（小修是老三袁中道的字），说小修诗"大都独抒性灵，不拘格套，非从自己胸臆流出，不肯下笔。……其间有佳处，亦有疵处。佳处自不必言，即疵处亦多本色独造语。"那么"性灵"，我们可以意会是：自我的、内在的、本色的。中郎还说过"出自性灵者为真诗"，那么性灵可进一步翻译成"真我"。这似乎不是一个全新的发明，比方王世贞说过"有真我而后有真诗"；唐顺之说过"诗文一事，只是直写胸臆，如谚语所谓开口见喉咙者，使后人读之，如真见其面目，瑜瑕俱不容掩，所谓本色。此为上乘文字"；李梦阳说，"真诗在民间"；强调真我，高标民间文学，主张"信口信腕"（袁宏道）"信手写出"（唐顺之），似乎尽是共识。革命的与被革命的，左翼的与右翼的，似乎通是一党。再看他们各自的榜样，复古派是唐以前文学，唐宋派以宋文学为下限，公安派首推白（居易）苏（东坡）、《世说新语》，也较不出上下高低。但是，各派对待榜样的态度却是截然不同的。复古派是越古越好，李攀龙甚至把榜样上限推至先秦的《战国策》《吕氏春秋》。复古派对榜样是紧跟不已，包括学习其精神方面的"格"，声韵方面的"调"，以及修辞方面的"法"，甚至细究出篇法、句法、字法，等等。于是学习便成为参照范本的拟写以至剽窃、抄袭。复古派所谓"真我"往往是"他我"，是无我。复古派从形式上向榜样借鉴得多，唐宋派则在内容上向榜样拿来得多。唐宋派从汉、唐、宋三代总结出道盛所以文盛，从宋代文学千挑万拣出曾巩之文和邵雍之诗，两大理学气十足的样板。他们创造的公式，是将理学思想放入内心练就好了再发挥成文章。他们固然反对"婆子口舌语"的烂套，但所追求的"真精神及千古不灭之见"，还在"阐理道而裨世教"的圈子里头。还是道德文章，但在语言形式上，到底比复古派拘束少了，从容活泼多了。

公安派向榜样学习的，则是"于物无所不收，于法无所不有，于情无所不畅，于境无所不取"的文学精神，追求"无定格式，又要发人所不能发，句法、字法、调法，一一从自己胸中流出"的"真新奇"，目的是"以意役法，

220

一洗应酬格套之习,而诗文之精光始出"。所以从根本上,公安派是迥异于复古派和唐宋派的。

公安派第一要革的还是复古派的命。不过对于复古派的领袖们,袁氏兄弟还是表达了很绅士的敬意。对于前七子的李梦阳、何景明,中郎有诗说"草昧推何李""尔雅足良师",肯定了他们的先驱之功;宗道承认少年时就喜欢读后七子的李(攀龙)、王(世贞),说他们的集子自有佳处,但"持论大谬,迷误后学"。复古派对自身的错误也是有所觉悟的,何景明就反对李梦阳的"刻意古范,铸形宿镆,而独守尺寸"的教条,以为应从古典中"领会神情,临景构结,不仿形迹"。李梦阳晚年也自我检讨,说"予之诗非真也……所谓文人学士韵言耳,出之情寡而工之词多"。但是流毒已经传布开来了。中毒最深的便是最末流的盲从者,袁中郎称之为"钝贼",说他们是"粪里嚼查,顺口接屁,倚势欺良,如今苏州投靠家人一般",其罪状在以拟古为复古。袁宗道则以为"其病不在模拟,而在无识。若使胸中的有所见,苞塞于中,将墨不暇研,笔不暇挥,兔起鹘落,犹恐或逸,况有闲力暇晷引用古人词曲耶?"你有见识要说,手忙脚乱都来不及呢,何来闲功夫东抄西摘。

中郎虽是公安的主将,但我一向以为他的性灵之说比

221

较玄虚，往往是宗道的说法更一针见血。他说："有一派学问则酿出一种意见，有一种意见，则创出一般言语。言语无意见则虚浮，虚浮则雷同矣。"这里的"学问"，该理解成追问、思考；"意见"，该理解成情感、见识、态度。"意见"固然没有"性灵"那么旗帜耀眼，但更易懂更明晰。

性灵，听起来比较形而上，它要被翻译成才、情、学、识，才好表述。中郎在夸小修"独抒性灵"之前，先谈到他"胆量愈廓，识见愈明"，在夸江进才（《雪涛阁集》著者）"信腕信口，皆成律度"之前，要肯定他"才高识远"。小修在称赞中郎时，也说到"才高胆大""识见爽豁"，还说他"学问自参悟中来，出其绪余为文字"。文章表达性灵，但性灵朦朦胧胧的真不好说。性灵，毕竟是才、情、学、识交织出来的罢。

性灵之外，中郎又额外发挥出一个"趣"字，说"世人所难得者唯趣。趣如山上之色，水中之光，花中之味，女中之志，虽善说者不能下一语，唯会心者知之"。这一通"趣"，意思是自然的心态，天真的情趣罢，在公安的文学上表现出来，更多的是谐趣和闲趣。中郎后来又发展出一个"淡"字，说"凡物酿之得甘，炙之得苦，唯淡也不可造；不可造，是文之真性灵也"。淡是恬淡、冲淡罢。

有了一个"趣"一个"淡"，性灵便被定作了尺寸。"趣"和"淡"才是公安派文学的真正的界标。

鉴定文学，不能只看招牌，还要看货色。就"主义"而言，复古不太好，但文章并不一律糟。复古派的影响重在诗，但李梦阳、王世贞都有一些很活泼流畅的散文，比方李梦阳的《梅山先生墓志铭》；唐宋派主义不太好，但归有光一小部分短文却是精洁的美文，比方追忆家居的《项脊轩志》；公安派的主义好，但文章并不一律好，比方中郎、中道谈禅的部分文章就比较矫情。但综合来说，公安派的山水小品、人物小传、序跋书信，都很能贯彻公安派文学思想，写得真是意趣丛生，清新流丽。中郎讲插花的《瓶史》，讲饮酒仪轨风习的《觞政》，历来颇受正统文人诋毁，却是讲生活艺术的上好文字。小修的《游居柿录》是绝妙的日记体散文。小修三十九岁时，忽思远游，借来一条行舟，"舟中裹一年粮，载书画数笥"，顺江而下，"可行则行，可止则止"。游记就这样开手作起，虽然旅行并不十分圆满，但札记却陆续坚持了十几年，成集一十三卷。《游居柿录》三十年代曾以《小修日记》刊行，颇为风行，影响可能比同期刊行的《袁中郎全集》还大一些。三袁著作在清代被禁毁过，所以三十年代的刊行是重新出土，发掘弘扬者包括周作人、林语堂等。

公安派之后的革命党，则是竟陵派。竟陵派认同性灵说，又提倡学习古人。说"引古人之精神以接后人之心目"、"约为古学，冥心放怀，斯在必厚"。这真是一个大循环。"厚"是为了应对公安派的"浅"罢。竟陵派不满意公安派作品的俚俗平易，于是将性灵规定为"深幽孤峭"。这种努力在散文上并未超越公安派，但是在诗上，因为刻意锤炼、孤诣奇峭，倒自成一派，影响颇大，将复古派的诗彻底取代了。刘侗、于奕正合著的《帝京景物略》，是竟陵派在散文上最好的成绩。

圈点

中国祖宗 *林语堂在1930年代提倡小品文，标举西洋散文之外，亦寻出其"中国祖宗"，包括苏东坡、袁中郎、徐文长、李笠翁、袁子才、金圣叹诸位文中怪杰，认为他们的文章气质如出一脉。其中最推崇的是袁中郎，认为其文"广达自喜，萧散自在，也正是小品文之本色"。*

都是过来人 / 《陶庵梦忆》

周作人说张岱是个都会诗人，"他所注意的是人事而非天然，山水不过是他所写的生活背景"。

我收的第一本张岱著作是《夜航船》，读罢的第一本张岱著作却是《陶庵梦忆》。浙江古籍1987版的《夜航船》，原价仅五元二角五分，我1990年在乌鲁木齐的书市居然以半价购入。因《夜航船·序》才有此一买，也由此对张岱心仪神往。读罢《陶庵梦忆》的结果，就是更坚实了我对张岱的欢喜热爱之心。

《夜航船》是张岱编撰辑录的著作，一部掌故典汇、百科辞书，分天文、地理、人物、考古等二十部（类），计一百二十个子目、四千多个条目，二十五六万字。尽是古典常识，又是异闻轶事。不作工具之用，随手翻阅也颇有趣味。浙江古籍出版社是根据天一阁抄稿本排印的，此前他们还出过张岱的《四书遇》。该书是张岱读四书的多年札记，迄未读到，但想来以张岱活泛精深的手眼，此书一定颇为可观。张岱著作中最具分量的是《石匮书》，一部记录明代洪武至天启二百六十年史实的大书。明亡之后，张岱"披发入山，駴駴为野人"，曾痛感世态炎凉，"作自挽诗，每欲引决，因《石匮书》未成，尚视息人世"。颇类似司马迁式的悲凉和坚韧。为编著《石匮书》，张岱利用家藏资料，前后费时二十七年之久。全书二百二十卷，是第一部丰富完整的纪传体明史。清人谷应泰主撰《明史纪事本末》即得益此书许多。一说谷曾以五百金购求此书，张岱允之；一说是延揽张岱参与《本末》的撰著。《本末》也比正史的《明史》早了八十年。张岱又另撰有《石匮后集》，补叙崇祯一朝及南明史。

史学之外，张岱在文学上有《琅嬛文集》，但最大成绩还是"二梦"，《陶庵梦忆》和《西湖梦寻》。《梦忆》比《梦寻》更精美，代表着晚明散文的最高成就。

张岱《序梦忆》说，"遥思往事，忆即书之，持向佛前，一一忏悔"。入清后，他曾至于"瓶粟屡罄，不能举火"的地步，便以为昔日"颇事豪华"才有今日饥饿的果报。但忏悔云云，还是序跋之说，当不得真。至少从书中看不出这层意思。追忆旧事时，笔底下偶尔渗出沧桑之叹倒是有的。如果真成了忏悔录，未免太煞风景。

《梦忆》在体例上，是"不次岁月，异年谱也；不分门

226

类，异志林也"，比较随便，没有刻意结构，只是"偶拾一则，如游旧径，如见故人"，追忆流年，随忆随记，内容包括山水园林、茶楼酒肆、歌馆舞榭、说书唱戏、放灯迎神、养鸟斗鸡、打猎阅武、古董古迹、工艺书画，诸般琐碎，都是很可观很可读的题目。张岱自撰墓志铭，承认自己"少为纨绔子弟，极爱繁华，好精舍、好美婢、好娈童、好鲜衣、好美食、好骏马、好华灯、好烟火、好梨园、好鼓吹、好古董、好花鸟，兼以茶淫橘虐，书诗魔"。他在这些项目上浸淫既久，孜孜不倦，所以在缅怀起来时，就深入浅出，娓娓道来，而且有一种现场感。亲闻亲见亲历的话题，说起来，自然容易亲切、生动。以山水园林为例，竟陵派的杰作《帝京景物略》就写得比较的冷隽、幽深，《梦忆》则比较活泼、平易；《帝京》是旁观者的工笔描画，《梦忆》则是当局者的丹青点染；《帝京》是冷静的山水，《梦忆》则是温情的山水；《梦忆》的山水园林都经张岱反复摩挲过，被人气呵过，所以就格外声色鲜活。

周作人说张岱是个都会诗人，"他所注意的是人事而非天然，山水不过是他所写的生活背景"。很有道理，只是绝对了一些。张岱也"注意的"写天然，却是张岱眼中胸间的天然。袁小修说中郎之后，"天下慧人才士，始知心灵无涯，搜之愈出，相对各显其奇，而互究其变，然后人人有一段真面目溢露于褚墨之间"。张岱兼袭公安、竟陵两家传统，但得益于中郎的多一些罢。所以文字清丽，不掩性灵，自家真面目时时从诸般题目中浮凸出来，不仅在象征意义上，在具体的文字中，"余""余思之""余昔日"也刻刻地闪现。处处有我，正是上乘文章的第一要义。

还以山水为例。张岱于山水独有领会，《梦寻》总记一篇是《明圣二湖》，对西湖颇有异见，说"西湖则为曲中名妓，声色俱丽，然倚门献笑，人人得而媟亵之矣。人人得而媟亵，故人人得而艳羡，人人得而艳羡，故人人得而轻慢，在春夏则热闹之，至秋冬则冷落矣，在花朝则喧哄之，至月夕则星散矣"。张岱于是建议取三余，岁之余的冬季，月之余的雨雪天，日之余的夜晚，去游历西湖。《梦忆》中两篇著名美文即由此一路得来：《西湖七月半》写夜游，《湖心亭看雪》写雪游。"西湖七月半，一无可看，止可看看七月半之人。看七月半之人，以五类看之。"尔后分别勾出五类之人，张岱自居第五类，尔后写前四类的喧嚣和摩肩、撞面、蒿击蒿、舟触舟的拥挤，四类分子均星散之后，才是"吾辈始舣舟近岸，断桥石磴始凉，席其上，呼客纵饮，此时月如镜新磨，出复整妆，湖复頮面，向之浅斟低唱者出，

228

匿影树下者亦出，吾辈往通声气，拉与同座。韵友来，名妓至，杯箸安，竹肉发。月色苍凉，东方将白，客方散去。吾辈纵舟，酣睡于十里荷花之中，香气拍人，清梦甚惬"。

游记向来是小品之大宗，但这般怡情游记文字也不多见。《湖心亭看雪》则更其精洁。大雪三日，人鸟声俱绝的西湖，"天与云、与山、与水，上下一白，湖上影子，惟长堤一痕，湖心亭一点，与余舟一芥，舟中两三粒而已。到亭上，有两人铺毡对坐，一童子烧汤，炉下正沸。见余大喜，曰'湖中焉得更有此人?'拉余同饮，余强饮三大白而别"。简直就是《世说》文字一般。再如《金山夜戏》一则。张岱舟行江口，见月白如昼，便大惊喜，呼小仆携戏具，盛张灯火于金山寺大殿，锣鼓喧填，自唱自娱，一寺人皆起看，不知是人是怪是鬼。此种响动，与苏轼《承天寺夜游》的幽静，恰成一对反照。《世说新语》与苏东坡小品正是晚明小品的两大榜样。

小品是佛家用语，原本指简本佛经，对应于大部佛经。晚明人拿过来用在文体上，区别于高文大册。无论游记、传记、日记、尺牍、序跋，都可以是小品。小品的第一胜义，恐怕就在"小"字上，短小。短小即容不得"大道"压迫。第二胜义就在"品"字。品味，恐怕就是对山水、人情、世态咂摸出的意见。那么小品就是讲简短的意见，那么即可以不论格套，劈头便讲，用不着承题、破题地迂回啰嗦。《梦忆》有《报恩塔》一篇，开门就说"中国之大古董，永乐之大窑器，则报恩塔是也"；《柳敬亭说书》，起首即是"南京柳麻子，黧黑，满面疤瘤，悠悠忽忽，土木形骸，善说书"；《蟹会》开篇就是"食品不加盐醋而五味全者，为蚶，为河蟹"，何其爽快直截。再说结束，也是截口即收。比方《花石纲遗石》，说那块奇石"变幻百出，无可名状，大约如吴天奇游黄山，见一怪石辄目瞋叫曰'岂有此理! 岂有此理!'"岂有此理，正是有理，理在趣中。

文章的好坏一时真也说不清楚。《梦忆》有一篇《张东谷好酒》，可以摘出一段文学理论。张岱父亲和叔父不能饮，但留心烹饪，家中庖厨颇精。酒徒张东谷总结说："尔兄弟奇矣! 肉只是吃，不管好吃不好吃；酒只是不吃，不知会吃不会吃。"好事者载入《舌华录》，却成了："张氏兄弟赋性奇哉! 肉不论美恶，只是吃! 酒不论美恶，只是不吃!"点金成铁，韵味全失。这便是本色与粉饰的区别罢。张岱文章好，就在本色比较多，但本色，也要才、情、学、识来分等级。

《梦忆》分八卷一百二十三篇。《梦寻》分五卷七十二则，按北路、西路、南路、中路、外景五部，分记西湖各处胜景，体例全仿《帝京景物略》。张岱的札记是作为每一景观的小序，序后则缀录历代有关诗文，是风物志一类。也有上好的白描文字，有如数家珍的掌故，但因为志在介绍，有我之色大减，《梦寻》较之《梦忆》就弱了许多。

陆游之后鲁迅之前，张岱是比较著名的绍兴人。同代另有一位绍兴作家王思任，号谑庵，文章诙谐百出，雅俗并陈，"牙室利灵，笔颠老秀"，所著《游唤》《历游记》两种游记也相当可观。

圈点

西湖老儿 张岱年五十，"国破家亡"，明季覆没。年六十九，自为墓志铭；年八十二，过世。"盘礴西湖四十余年，水尾山头，无处不到。湖中典故，真有世居西湖之人所不能识者，而陶庵识之独详；湖中景物，真有日在西湖而不能道者，而陶庵道之独悉。"

跑马圈地 张岱这样的文字都是"过来人"文字。看起来心平气和，却是从兵荒马乱跑过来的沉静。身体和心思跑得足够远，文字才足够阔气。一人一事一山水，都有无数回踩踏，所以结实。小品但有可观，一定是大野地圈回来的。

香艳与俚俗 / 《牡丹亭》

> 杜丽娘因情而病，医生是六十岁了从不晓得"说个春游个园"的陈老秀才，请来的巫师是因过不得性生活而入道的石女石道姑。

汤显祖的诞生，比莎士比亚早十四年，逝世，比莎士比亚晚一年。将汤氏与莎氏并置在一起议论，是一道让人激动不已的话题，我能够按捺得住，忍痛绕开这个快乐的题目，是因为在这两位巨匠的可比性与不可比性之间犹疑不定，单是爱情一项，他们二位所面对的材料就何等异样呵。

中国古代的青年男女，实在很少有机会发生婚前恋，根本就缺乏相识的机会，或者在平民百姓市井人家，机会多一些，在书香门第官宦之家，机会就少得多了。西厢幽会，女扮男装的同行，旅途中的偷情，墙头马上的惊鸿一瞥一见钟情，这一类或真或假的故事都极其珍稀。中国最好的言情诗，多是丈夫追悼亡妻或者妇人思念远行的丈夫，抒写的都是婚后恋情。婚前男人的爱情通常都发生在青楼女子身上，婚前女人的爱情通常是无处可以放送的。那么一个青春期的女子，一个生活在官衙之中绣房之内连后花园都没去过的小姐，在春天里在花柳之畔，在梦想中与一个男子幽会，几乎就是无可避免的。有一些不同寻常的是，她为这个梦一往情深，伤感、迷乱、缠绵，以致一病不起；尤其不同寻常的是，她的梦中情人确有其人，而且，她的魂灵能够与情人幽会；最最神奇的是，由于她的死不甘心，她与情人的共同努力，使她死而复活。最后，这一对情人的阴阳姻缘顺理成章地公然于青天白日之下。这就是《牡丹亭慕色还魂记》的核心故事。

这部戏的蓝本，是一篇不到三千字的话本小说。原题最早见于嘉靖年间的《宝文堂书目》所列《杜丽娘》。目前我们能见到的小说文本同时载于明代何大抡的《燕居笔记》卷九，题为《杜丽娘慕色还魂》；余公仁的《燕居笔记》卷八，题为《杜丽娘牡丹亭还魂记》。汤显祖将这么一个短篇，敷衍出来，却是长达五十五出的洋洋洒洒的传奇大戏。

与杂剧（又称北曲）四五本一折的通例不同，作为南曲的传奇，通常都由三四十出构成。传奇更能发扬中国叙事文学的传统，就是无论前因后果都要交待个清楚，这种交待还不是由事后的追述来一带而过，是从头道来事无巨细地完完整整地搬演出来。打个比方，传奇就像现代的电视连续剧，而不像电影和我们通常以为的戏剧。所以，传奇虽然比过于简单的杂剧要丰富得多，但往往包裹了许多过渡性的和旁枝末节的片断，显得冗赘、重复、拖泥带水。《牡丹亭》也不例外。传奇一体，要到几百年后的《桃花扇》，才呈现出严整结实的风貌来。

《牡丹亭》的泥沙，主要是杜丽娘父亲杜宝及其有关的戏，包括他镇边的敌人叛将李全的有关情节。李全这个金人旗下的伪军首领，他对于主线故事作用远远不及《西厢记》中的孙飞虎叛乱和《长生殿》中的安禄山叛乱那么要紧和相关，直到全剧临近结尾，这部分戏才真正波动了爱情主线。

《牡丹亭》自问世以来，很少全本搬演过。1998年，全部五十五出的《牡丹亭》在美国林肯中心完整地上演，导演是一位旅美华人，演出者是二十几位中国昆剧演员，出资者是美国人。该剧组同时接到了英国、意大利、澳大利亚、日本等国戏剧机构的邀请，这是一场大规模环球巡演。但是，除开它的文物展览效果，大部分观众会对其中部分情节深感不耐烦，对于其余美不胜收意趣飞扬的部分，恐怕也摸不着头脑。

先说剧中的曲词，林黛玉会觉得"词句警人、余香满口"，西方观众会怎样感动，要打一个问号。有关《牡丹亭》的优雅华美，为人议论得特别多，可以略过不提。《牡丹亭》还有幽默调侃极通俗的部分，恐怕也不是老外们可以会心一笑的。而正是这些喜剧色彩的内容，使该剧不仅是浓艳华丽的言情读本，而且是生动活泼的戏剧台本。某些游戏笔墨，使用的是文学上的典故，比方一位韩姓的香火秀才，是韩愈、韩湘子的后代；柳梦梅便是柳宗元的后代；杜宝则是杜甫的后代；杜夫人姓甄，便是甄夫人的后代，甄夫人是袁绍的儿媳和曹丕的夫人，据说还是曹植的梦中恋人，以至因她而有《洛神赋》。这是玩弄文字的调侃。第七出《闺塾》，陈老秀才讲《诗经》要春香取笔墨纸砚，结果春香拿来的，笔是画眉笔，纸是薛涛笺，砚是鸳鸯砚，惹得老秀才好大脾气。这是细节上的玩笑。杜丽娘因情而病，医生还是六十岁了从不晓得"说个春游个园"的陈老秀才，请来的巫师是因过不得性生活而入道的石女石道姑，当然医也医不得，救也救不了。杜丽娘死后，看护这位痴情女墓地的，还是这两位远离情场的老爷爷老奶奶，这是情节中的嘲弄。《冥判》一出是地狱里的场景，原本该是阴气森森的戏，却也满是笑谑。因为宋金交战生

235

灵大减，以至阎罗十殿也裁剪了一位阎王，第十殿便由一位胡判官代行职权。胡判官见到美丽的女鬼杜丽娘也怦然心跳，只是记起天条才作罢，又生生想不通会有赏花而死的事。拘来花神审问，花神一口气报了三十八种花名，胡判官一一判定它们关涉男女风化的罪，花神只好说，今后再不开花。胡判官到底开明，放杜丽娘出了枉死城，随风游戏，跟寻梦中情人，又叮咛花神"休坏了她的肉身"，吩咐功曹给一纸游魂路引（通行证）。

杜丽娘在鬼界虽不被理解，却赢得了支持和帮助，所以顺风顺水地与柳梦梅幽会结合。这番私情幽期，"除是人不知，鬼都知道"。复活的《回生》是第三十五出，距终场尚有二十出的篇幅，笼统地说，都是大收煞。蓝本小说里，复活之后就一无阻碍，虽然也有科举中榜的事，婚姻则获双方父母的全票通过。传奇里，汤显祖却格外变幻出许多波折之后，才还杜柳一个圆满姻缘。人间的曲折，恰与阴间的平顺成一个反照。这种处理，不仅煞是好看，而且更加合乎世理人情，连至情至性的杜丽娘都以为在鬼界可以随便，在人间不得马虎，要照着礼法规矩行事。

揪动大收煞波澜的又是老儒陈最良。汤显祖平生最蔑视的便是"老儒"，"世间唯拘儒老生不可与言文。耳多未

236

闻，目多未见，而出其鄙委牵拘之识"。在《牡丹亭》中便不惜工本捏造出一个老生陈最良，作为剧中第一笑料，调笑最重，使用最重。陈老生讲授"关关雎鸠"才引出杜丽娘伤时感春游园惊梦；陈老生救起落水的柳梦梅，才引出杜柳相会。大收煞阶段，陈老生千里告状，向杜父误报：杜墓被盗棺木被毁。按大明律，开棺见尸乃是杀头之罪。剧中石道姑开柳的玩笑，"你宋书生是看不着皇明例"，是跳出圈外的调侃。因为本是宋代故事。杜家女婿柳梦梅兴冲冲闯进杜衙时却已是死罪重犯，于是被收拷吊打。

　　大收煞有许多好看的关目，不仅因为许多阴差阳错，也因为柳生是个可人儿。不像《西厢》之张生一般一味斯文。话本中，杜是旧太守之女，柳是新太守之子。传奇中，柳生父母双亡，在广州守着自家果园种树，是江湖秀才，早早就致力于打秋风，自称"现世宝"，打动了看宝使臣苗舜宾，赢得赞助旅费，才千里赶考，途中才有机会缔结阴阳情缘。到临安自然误了考期，幸运的是再遇苗大人。苗主考颇不正经，就报上了柳状元。因为边境起战事，发榜延后，才使柳状元被杜老丈人抽了三百藤条。最热闹的是第五十五出《圆驾》。女婿与岳丈在朝堂继续吵闹，柳生清理出杜大人三条大罪：其一，纵女游春；其二，女死不奔

237

丧，私建庵观；其三，嫌贫逐婿，吊打钦赐状元。杜老顽固不认女婿，也不认复活的女儿，以为是花妖狐媚，于是在皇帝面前当场测试，镜中有像，阳光下有影，所以杜丽娘终于是人。皇帝发布最高指示，于是皆大欢喜。

清人议论《长生殿》是一部"闹热《牡丹亭》"，实则《牡丹亭》原比《长》剧热闹。《长》剧更是正剧，《牡丹亭》可列为喜剧。《牡》剧中，贯彻感伤、哀婉、情意绵绵的段落不满十出，包括杜丽娘生前的《肃苑》《惊梦》《寻梦》《写真》，死后的《玩真》《魂游》《幽媾》《冥誓》等，全剧更多地充溢着世俗性的喜剧精神。这情形恰与《西厢记》相反。《西》前四本是情深意长的正剧，所以第五本出现郑桓骗婚的段子，便显得不和谐，以致金圣叹判定第五本是伪作，是"狗尾"。

《牡丹亭》问世，"家传户诵，几令《西厢》减价"。其中的原因，应该包括：《牡丹亭》比《西厢记》更丰富、更闹热，有更多的"意、趣、神、色"。但是，在长期流传中，尤其在舞台上，《牡丹亭》往往被简化成《游园惊梦》，真是冤案。在这个角度上，全本《牡丹亭》被搬演是大功德之事。

《牡丹亭》固然有许多香艳典雅之词，还有更多活泼俚

238

俗的曲词与宾白。这就如莎翁诗剧中有哈姆雷特式的哲学沉思，也有福斯塔夫式的插科打诨一样正常合理。恐怕也唯其如此，才更人性，更合乎观众包括现代观众的胃口。

汤显祖本人，也不是只会沉溺文学咿咿呀呀的书生，是个入世很深的社会型人物。因为持身正直，两次拒绝首相张居正的拉拢，以至十年不中进士；一次拒绝首相申时行的抬举，以至被外派南京做七品小官；一次上疏批评朝政，以至被贬到雷州半岛做典史。在浙江遂昌县做过五年知县，政绩包括驱除虎害、弹压豪强，包括除夕之夜放囚犯回家团圆。有如此阅历的人不会满足于勾画单一的言情故事，剧中必定注入多种社会成分。写于弃官第三年的《邯郸梦》仅三十出，就是更加尖锐老辣的社会喜剧。

《牡丹亭》作于弃官第一年，《南柯梦》作于次年，《紫钗记》则先作于南京太常寺博士任上。四剧合称《玉茗堂四梦》，又称《临川四梦》。汤显祖是江西临川人。宋代王临川王安石，籍贯临川，却半辈子在南京（江宁），并且终老南京。汤临川虽然在南京做官七年，却乡居更久，终老临川。

圈点

死去活来　都说中国人是务实的民族，但是务虚起来也很能上天入地作神仙语。像《牡丹亭》这样讲死去活来故事的就并非特例。《牡丹亭》大俗大雅，人只道它雅，不晓它俗亦俗到家。原因恐怕是问世以来从未全本搬演过。

書蠹書 丛书（第一辑）

书虫丛书（第二辑）

食豆饮水斋闲笔　汪曾祺　著